面斥不雅！讓人長知識的神回應

袁氏物語 著

這樣說便不會丟臉～

Part 1 職場應對

目錄
~content~

Part 2 見工面試

Part 3 交朋結友

目錄
~content~

Part 4 男親女愛

目錄
~content~

~Part 1~

職場應對

1 同事自動告訴你他的月薪，要你也説出薪酬時……

神回金句

你估都估到啦……（同事通常會説出一個數字），係呀！咪就係咁上下囉！

優點剖析

免被同事繼續追問

薪酬是一個很敏感的數字，若果同事的薪酬比自己高，他會看輕你，若果比你低，同事會不高興。所以，為了不得失同事，遇上以上情形，應引導同事説出一個數字，而他説出來的這個數字，亦即是等於他猜度你應得薪酬的數字，這時候便要順勢含糊的承認，免同事追問下去。

保存私隱

薪酬不只是個人秘密，更是個人的尊嚴所在，但有些人卻不識趣的，偏要打聽別人的秘密，對付這些人，只需要唯唯諾諾的把他耍過去便算，正確的薪酬數字仍在自己心中。

禁句例子

點解要話俾你知呀？

缺點透視

影響同事關係

人際關係博大精深之處，就是在拒絕別人的同時，仍能夠保持良好關係，但好像【禁句例子】中硬繃繃語氣的説話，卻似乎過火了一點，令同事感到突兀之餘，亦影響了同事間的關係。

2 同事們懷疑老闆與女秘書有染時……

神回金句

關我哋咩事啫！佢哋咁大個人，自己有分數啦！

優點剖析

不表達個人意見

人多自然是非多，搬弄是非是很多人的嗜好，更成為辦公室政治手段之一。不表達個人意見，是避免有心人向老闆、女秘書或在其他有關人士面前，誹謗自己在背後説他們的壞話，這是辦公室政治鬥爭中明哲保身的上策。

只專心工作

説明「事不關己，雙手舉起」，自己不八卦、不理別人私事、不理別人是非，只會專心工作，別人的緋聞八卦事，只要不妨礙自己的工作，便不加理會。

禁句例子

唔出奇呀，一個姣婆，一個脂粉客！

缺點透視

把自己捲入是非漩渦

可能只是自己一時口快，把這些辦公室傳聞，當作娛樂周刊的明星緋聞，再加上自己的意見和評語。雖然是「講者無心」，可是「聽者有意」，當中主角還是公司話事人，如果這些謠言傳回有關人士耳邊，他們大興問罪，只要同事們説一句：「唔關我事，係阿邊個邊個講嘅！」，自己便可能成為犧牲品，絕對不值得。

3 在酒店大堂見到老闆與情婦幽會時……

神回金句

老闆，原來你都係約咗個客嚟呢度傾嘢，我個客喺Coffee shop度等緊我。我走先喇，拜拜！

優點剖析

把情婦當客戶

遇上以上情形，千萬別以為必會發生兩種情況：要脅老闆或是被老闆要脅；更可能會有第三種情況：老闆殺人滅口——把自己辭退。以上情況雖然富戲劇性，但不代表不會發生，除非自己真的別有用心，想以此來要脅老闆，否則強烈建議，撞破老闆不可告人秘密時，第一時間要詐作只見老闆在見客，而且自己也在做相同的事情（不管自己是否真的約了客戶），這樣便可釋除老闆對自己的懷疑，免招殺身之禍。

說明自己活動範圍

向老闆說約了客戶在咖啡室會面，首先，如以上所提到，說明自己也在酒店做同樣的事（指見客）；其次，就是指出自己活動的範圍，要避免再碰上，老闆便要懂得避開；最後，就是可以借故速速離開，以免多生枝節。

禁句例子

老闆，我乜都見唔到！我返到公司之後，唔會亂講嘢嘅！

缺點透視

此地無銀

主動向老闆說，自己什麼都沒看到，而且不會亂說話，這比起什麼都不說還嚴重，使人有「此地無銀三百両」的感覺。

迫老闆出招

【禁句例子】中的說話，若果由老闆提出，身為員工的自己還可能可以自保，但由自己說出，只怕老闆覺得你是在說反話，正想要脅老闆，剎那間令老闆想起小說名句「死人才可守秘密」，此舉無異是迫老闆狠下毒手。

4 女同事兼女友喜歡在辦公室向男友撒嬌時……

神回金句

男友：「你詐嬌個樣最可愛，不過等收咗工，離開公司先俾我睇好唔好？咪俾其他男同事睇蝕晒！」

優點剖析

寓開玩笑於讚美

讚賞女友撒嬌的模樣十分可愛，但自己自私要收起來只供自己一人欣賞，以免其他男同事得益，這顯然是開玩笑多於一切，但女友不會深究，只知道男友這樣提出，必有他的理由，愛護男友的女友，亦會從善如流的聽從男友意見和指示。

提出改善建議

男友首先肯定了她撒嬌動機是愛他的表現，女友當然高興，只不過這行為出現的時間，如果能夠作出適當調整，男友會更加欣賞。男友提出改善建議後，相信女友會樂於依從。

禁句例子

男友：「喺辦公時間我哋做番普通同事好唔好？我唔想俾同事講閒話呀！」

缺點透視

不欣賞女友行為

向心上人撒嬌是愛的一種表現，男友提出以上說話，代表女友對他的舉動他並不欣賞，甚至令他蒙羞，女友不高興是正常反應。

閒話大過天

男友說話欠技巧，說他自己介意同事的閒話，會令女友覺得閒話不是主因，她才是主因。她——一個男友認為配不上他的女友，才是主因。換上她是辦公室中的大美人，男友與她拍拖，她在辦公時間向男友撒嬌，同事們說他們閒話，他感到自豪還來不及，又怎會向女友投訴，要求她改善呢？男友對此有怨言，女友認為只有一個原因：女友太失禮了！所以介意同事間閒談，經常把他們扯在一起，男友介意閒話，這才是閒話對女友的最大傷害。

5 男同事兼男友喜歡在辦公室對女友獻盡殷勤時……

神回金句

女友：「你對我咁好我好高興，不過啲女同事好似有啲妒忌，不如你將啲殷勤收埋先，收咗工先一次過俾返晒我好唔好？」

優點剖析

肯定男友的殷勤

女友說很欣賞男友對待自己那種殷勤的態度，但這樣卻會招來他人的妒忌，不論這是真是假，男友聽到必定甜在心裡，只要女友喜歡，男友作出更正當然無妨。

提議改善

明確的提出改善建議，令男友易於遵從，更使他明白只要作出小小改動，已可以令女友心滿意足，何樂而不為？

禁句例子

女友：「辦公室唔係屋企呀！你對我咁好，其他同事會骨痺㗎！」

缺點透視

否定男友心意

堂堂大男人願意在同事面前向女友大獻殷勤，他必定深深的愛著對方，但現在所愛的人卻不領情，男友熾熱的心必定有如墮入深谷。

暗指男友不懂大體

女友指責男友，好像把在家裡才會做的行為帶回公司，使周圍的同事感到肉麻骨痺還不自覺，像在怪責男友把他們二人，當眾做出一些失禮行為一樣，不懂大體，男友聽到當然心裡有一百個不滿。

6 與同事到沒空調和骯髒的大排檔午膳時……

神回金句

（假裝聽完手機急Call後）男/女友Call我有急事，我要行開一陣，你哋食嘢先，唔駛等我！

優點剖析

避免同事尷尬

相信大家也曾試過與同事一起午飯，但到達食店時，才發覺環境非常惡劣，可是其他同事，卻像回到家裡般的感到舒適自在。若果自己提出，因為食肆環境差要大家離開，或只是自己一個人離開，都會令同事感到尷尬萬分。令人尷尬的，不只是會被同事覺得，你自己像「上等人」般要求太高，而且更是會令到同事們自覺，他們自己像「下等人」般要求太低。所以，借故自己先行離開，讓同事們留下繼續，自己另行找地方午膳，各找各的，免傷和氣，是為最佳辦法。

避免勉強自己

有不少人認為「好又一餐，唔好又一餐」，遇上以上情形會繼續跳舞，留下與同事一起午膳，但勉強自己可能會有不良後果。首先，若果是在盛夏暑熱天時三十多度大白天，在沒空調的大排檔吃午飯，一邊吃飯一邊「大汗疊細汗」，飯後的汗濕不單令自己活受罪，汗味更可能令客戶和同事留下壞印象；另外，環境惡劣的食肆衛生也會較差，曾試過在大排檔一邊吃飯，一邊看著蟑螂在飯桌罅隙中出巡的恐怖情境。病從口入，一頓飯換來大病一場，非常不值得。

禁句例子

就喺呢度呀？我諗我唔同你哋一齊食啦！

缺點透視

令同事難受

如以上所提到，直接提出自己要離開，會引起同事們認為「你是『上等人』，我們是『下等人』」的負面看法；再者，由同事們介紹的食店不合你心意，甚至提出要離開，好像有負你的期望，是他們辦事不力，令同事們不好受。

7 同事喜歡在升降機內討論公司事情時……

神回金句

唔…唔…哦…係…（支支吾吾的低聲和應，直至到達公司樓層打開升降機門為止）

優點剖析

免騷擾他人

在升降機這經常載滿人的狹小空間，旁若無人的熱烈討論，對其他人來説是一種滋擾，是沒禮貌的表現。遇上同事有這種習慣，要避免自己成為「滋擾分子」，每次都可以用「唔」、「哦」或只是點頭來代替回答，免得和同事造成對話而影響他人，也可以避免因直接拒絕回答同事，而產生的尷尬場面。

免洩露公司事情

在升降機內不大回應同事的説話，另一個好處就是，避免洩漏公司事情。升降機內的其他陌生人可以是任何人：公司顧客、商業夥伴、同事的伴侶或家人，甚至可能是公司的股東，或是公司的敵人。因此，洩露公司事情，不論大小、不論機密情報或八卦緋聞，都可能對自己、同事或整間公司構成影響，這些閒談可免則免。

禁句例子

咪喺𨋢度講公司嘢啦，因住俾人聽到呀！

缺點透視

創造尷尬場面

首先是同事感到尷尬。被人直截了當的叫停，等於剛做了錯事被人當場捉住一樣，無地自容情況可想而知。

其次是升降機內其他人感到尷尬。【禁句例子】中的這句「因住俾人聽到呀」，所指的不是升降機內，他自己和同事以外的所有其他人嗎？這樣不是指其他人都是表面扮作若無其事，實質上每個人，都是愛偷聽別人公司事情的「八卦公」、「諸事婆」嗎？

8 講解計畫給客戶、同事或合作夥伴時……

神回金句

……我講得清唔清楚呀？

優點剖析

令對方樂於提問

很多商業行為，都會涉及要向客戶、同事或合作夥伴，詳細解釋合約或項目條文，遇有對方面上浮現不大明白的表情，可以嘗試向對方說：「我講得清唔清楚呀？」，邀請對方提問，對方的回應總會是正面的，因為正如你自己所說，客戶或同事不明白，只是你講解得不清楚，並不是客戶或同事他們領悟能力低，這可以令對方卸下自我保護的屏障，增進雙方的了解，更令合作過程更暢順，減少不必要的誤會。

禁句例子

……你明唔明呀？

缺點透視

令雙方處於對抗關係

遇上相同情況，若果説話換上：「你明唔明呀？」，情況便會大大不同。這句説話把雙方的自我保護意識，都提升至警戒級別，因為你説出這説話時，已假定了自己的講解，已相當清楚，近乎無懈可擊，客戶或同事若有不明白、不清楚，就只會是他們的問題，而不是你自己的問題，這樣便導致雙方皆處於對抗局面，客人或同事基於自尊的問題，很多時他們就算真的遇上不明白的地方，也會含糊的回應過去便算，埋下了日後合作上出現問題的伏線。

9 任何時候打電話給客戶時……

神回金句

喂，陳生呀？你好！我係×××公司嘅Peter呀！唔知而家方唔方便同你傾幾句呢？

優點剖析

為對方設想

現在電訊業務發達，「飛線服務」已差不多是每個電話必備之功能，所以無論在什麼時候致電給客戶，不論是辦公室電話或手提電話，我們都無從知道他正在做些什麼：致電辦公室，電話可能已飛線至手機，而客戶正在戲院內與女友看電影；致電客戶手機，亦可能已經飛線至家裡，而他正因小病正在床上小睡……。為免得失客人，任何時候致電客戶時，都應該先徵詢客人，取得客人同意才繼續對話，顯得自己懂得為客戶著想。

為自己留後著

若然電話接通，客戶正處於不適宜與你談公事的情況下，而你早已詢問對方「是否方便」時，就算對方真的回答説「不」，自己也不會有不是味兒的感覺，而客戶亦會覺得你很有禮貌，不會當是騷擾。

禁句例子

喂，陳生呀？我係Peter呀！上次傾開嗰份合約唔知有冇問題呢？如果有問題……

缺點透視

假設對方何時何地可詳談

每次致電客戶時，曾否想過對方可能是在擠迫不堪的地鐵車廂，或者正在洗手間忙著時來接聽你的來電，在這等惡劣或危急關頭也接聽來電，目的只有一個，就是不想錯過任何來電，但這並不表示，對方願意和每個來電者詳談下去，更多時候，是他知道是誰來電之後，便把電話掛斷，之後在適當地點或時候才回覆詳談。若果電話一接通，便假設對方願意詳談，不但沒有為他人設想，更可能在客戶心中留下壞印象。

10 電話傾談公事 對方不肯掛線時……

神回金句

我都係唔阻你做嘢喇，份文件搞掂我會e-mail俾你，唔該晒，拜拜！

優點剖析

都是我不好

公事上的電話傾談，很多時可能遇上對方是一位過分健談、不捨得掛線的人，為免得失對方，最佳的應對方法，是把責任推在自己身上，說自己這樣和他電話傾談了那麼久，阻礙了他工作，為免自己再錯下去，所以要立即掛斷電話……這樣，對方亦只有無奈地收線。

總結電話交談目的

在掛線前重提這次通電話的目的，說文件辦妥後便會給他，讓對方雖然被迫收線，但仍感到安心。

禁句例子

我仲有好多嘢做，不如講到呢度啦，再見！

缺點透視

都是對方不好

「我仲有好多嘢做」真正意思好像是：「你仲唔收線，我就做唔晒啲嘢，唔駛收工啦！」，把要掛斷電話的責任全推在對方身上；電話筒另一邊的人被當成是「長舌婦人」、「口水佬」，對人際關係的發展，或是公事上的接觸，都不是一件有益的事情。

沒為交談作總結

收線太突然，沒有為這次通電話的目的作總結，不但不能令對方安心，也會令對方清楚的感覺到，他是被人頗不友善的對待，投訴也可能由此而起。

11 同事見客
商談合約失敗時……

神回金句

唔緊要啦，如果每次見親客都傾得成，你咪好快變李嘉誠？繼續努力啦！

優點剖析

客戶問多買少的事實

商業社會中，銷售主任見客談合約做買賣，不同於街邊賣魚蛋。街上差不多每個來問魚蛋價錢的人，都會購買魚蛋，因為魚蛋價錢便宜，客人不需要太多考慮。在商業交易上，尤其是產品價錢愈高，只問不買的客人比例會越高，例如一個售價動輒過千萬元的豪宅單位，在簽訂買賣合約之前，又可能會有多少個客人曾經問價呢？所以，見客失敗並不值得大驚小怪。

鼓勵作用

勸勉同事要再接再厲，屢敗屢戰，不要灰心失望。

禁句例子

又傾唔成呀？點sell客㗎你？

缺點透視

把失敗歸咎同事

沒半點勸勉説話，更反問會否是同事的銷售技巧出了問題，把其他客觀條件，例如可能是客人的問題、產品訂價的問題、市場環境的問題、顧客問多買少的事實……等等的可能性全部排除，不只對整件事沒有幫助，更會令同事難受。

態度不正確

帶有責備語氣的説話，不應出自同樣身為下屬的同事口中。這令當事人會覺得講這句説話的人，有如上司給下屬壓力交quota那樣面目可怕。

12 顧客企圖排隊打尖時……

神回金句

先生/小姐，唔好意思，可能人太多有啲混亂，龍尾喺嗰邊，請跟我嚟吖！

優點剖析

給對方下台階

在銀行、流動電話網絡供應商辦事處、或煤氣、電力公司客戶服務處等，不論是繳費或查詢，顧客多的時候都會出現排隊的人龍。客戶服務員見到客人有心插隊打尖，但口中卻説可能是太多人，客人一時大意看錯龍尾，這給了想打尖的客人一個很好的下台階，還避免了可能發生的衝突，又能夠令事件圓滿解決。

消除再插隊的企圖

帶領客人到正確位置——龍尾——排隊，可消除這客人藉口看不清楚，或待服務員轉移目光時再次打尖的企圖，是有效的維持秩序方法。

禁句例子

先生/小姐，你打尖喎！

缺點透視

把事情化大

有客人排隊打尖，這本來可能只有三數人知道的事情，如果經過客戶服務員直接指出，加上當事人例牌砌詞狡辯，事情將會化大，影響服務大堂的秩序。

易起衝突

插隊的人一般都會自我辯護的説：「咩打尖呀？你邊隻眼睇到我打尖呀？」，這不單容易引起這客人與客戶服務員之間的衝突，如果其他排隊的人客，也你一言我一語的加入，指出打尖客人的不是，客人與客人的衝突亦會無可避免地發生。

13 顧客不肯取輪候紙硬要插隊問一句時……

神回金句

先生/小姐，（遞上輪候紙）呢個係你嘅號碼，等一陣就得㗎喇，仲可以問得詳細啲喎！

優點剖析

有效維持秩序

現在已有不少銀行或其他服務機構，改用輪候終端機編印出來的數目紙條，來代替顧客親身排隊輪候，但仍有不少客人認為自己只問一些例如「這裡能否辦理開戶手續」、「開戶需要帶甚麼證件」這類的簡單問題，因而拒絕取票輪候，硬要找機會插隊打尖，向櫃位服務員問這些問題的時候，客戶服務員如果能夠主動，向這類客人遞上輪候紙，客人通常都不會拒絕。

說出更吸引之處

要說服想插隊的客人，可以跟他們說，只要他們肯取紙輪候，及等候數分鐘，便可以問得更詳盡，免卻因為匆忙發問，自己問得不夠仔細，櫃位服務員答得不詳盡的弊處，到頭來要再查詢只會更費時失事。

禁句例子

先生/小姐，你唔攞飛輪候，我哋係唔會答你嘅查詢㗎！

缺點透視

沒引導客人守秩序

客人不守秩序，排除有心插隊之外，還可能有其他原因，例如是心急趕時間，甚至根本不知道輪候程序，尤其是年長顧客，更多屬這類。因此，【禁句例子】的說話形式，像是已假設每位客人已知道輪候程序，但實際情況卻不然，沒有引導客人應該如何去遵守秩序，對解決問題幫助不大。

令客人不悅

優質服務精神，是要處處為客人著想，若果客人有些不對，當著其他客人面前直斥其非，會令客人不高興，甚至可能引起投訴。

14 顧客情緒激動地投訴時……

神回金句

先生/小姐，唔好意思，不如你慢慢講個詳細情形我知，睇吓可以點樣幫到你啦！

優點剖析

先道歉

不理誰是誰非，遇有客戶投訴，尤其是情緒激動、看起來有點急躁的顧客，更加要先代表公司向他致歉，對方繃緊的情緒，就算本來預備要大罵一番，頓時也大多會軟化下來，這時候便可以開始了解問題所在。

後解決問題

平伏了客戶情緒之後，便輪到應付問題的核心——投訴的內容。很多時候，這些投訴都可能，是客戶對公司政策的不了解或誤解，也可能是客人自己一時大意，當然最終也可以是公司本身出錯，但全部都應該是可以解決的問題，因此，只要誠意邀請客人把問題詳細講出，投訴還是可以圓滿解決的。

禁句例子

你咁勞氣鬧我都冇用㗎？！我都唔想嘅，我點知啫！

缺點透視

把投訴個人化

每個客戶服務員遇上客人投訴時情緒激動，說話不客氣時，都會有點不好受，但要注意的是，客戶針對的只是整間公司，而不是某一位員工，要是當時不是職員A而是職員B當值，客人依然會對職員B大發雷霆，所以，遇到客人投訴過激時，切忌把它個人化，當作是客人正在針對自己，否則，這樣會令自己情緒不能平伏，不能冷靜處理投訴。

推卸責任

遇到客戶這樣投訴，只一味說「我都唔想」、「我點知」這類說話，而不嘗試提供解決問題的方法，是一種推卸責任的表現，對處理投訴沒有幫助。

15 顧客粗言穢語地投訴時……

神回金句

對唔住呢位先生/小姐，我好明白你嘅心情，咁又難怪你勞氣嘅，俾著我都會，不如等我哋平心靜氣坐低先，睇吓有咩辦法解決呢個問題！

優點剖析

認同客戶感受

當一位客人氣沖沖的，走到某公司或機構的客戶服務部，以粗言穢語來責罵其公司員工時，可想而知他所受到由該公司引起的困擾，會是何等的巨大。因此，一般的代公司致歉，所起的作用可能已不大，若果能夠在初步了解投訴內容後，技巧的表示自己設身處地，也會有如他的強烈反應，説自己也感同身受，取得客戶的信任，先把客戶情緒平伏下來。

要求冷靜共同解決問題

邀請客人坐下，要客人平心靜氣，即是禮貌地要求客人不要再粗言穢語，維持服務大堂的秩序，消除可能對其他客人的滋擾，然後便可以在客人正常情緒下，慢慢討論處理投訴、解決問題的可行方法。

禁句例子

你講粗口都解決唔到問題嘅！

缺點透視

火上加油

客人投訴時粗言穢語並不是目的，這只是手段，通過講粗口的手段來達到表達不滿、要求解決問題的目的。若果客戶服務員錯誤聚焦在講粗口的問題上，會令到客人覺得你在挑戰他的道德品行，多於嘗試幫助解決問題，這只會是火上加油，令情況更難控制。

16 客戶沒繳費被停止服務而投訴時……

神回金句

可能係先生/小姐你太忙，又或者近來唔喺香港，我哋都已經發出過「最後繳款通知」，但係都收唔到你嘅繳款，先至Cut咗你嘅服務啫！不如你而家交番，服務可以喺×小時之內恢復㗎喇！

優點剖析

為客人找藉口

很多為大眾提供服務的機構和公司，例如流動電話網絡供應商、煤氣、電力等等，費用都是以按月計算形式來繳付，當然，客戶欠交或拖延繳款的個案，亦經常出現。服務機構為對付這些客戶和減少損失，停止服務會是最後手段。遇上有客人因為沒有繳費被停止服務而投訴，客戶服務員向客人解釋事件原因的同時，亦為客人沒有繳交費用找藉口，說可能是他太忙或不在香港等等，為他說盡好聽的說話，客人自然會把對抗的態度放下，更進而明白不交費引致服務被終止，根本是自己的責任。

告知即時恢復服務方法

客人投訴背後的真正目的就是「如何才能盡快恢復服務？」，客戶服務員在回覆人客投訴時，沒有追究責任誰屬，只提及解決問題的簡易方法：立即繳交費用——「一交費泯恩仇」，服務恢復，世界再次變得很美，責任誰屬已不再重要。

禁句例子

公司規定客人兩個月都冇交費就會cut服務，準時交費係客戶嘅責任，係咪？

缺點透視

欠婉轉

客人被停止服務，已感到非常不便，現在來投訴時，又被客戶服務員義正辭嚴的教訓一頓，一肚氣的他，對服務機構以終極手段——停止服務——來對付，不排除客人亦會採用終極手段——轉換服務機構——來作回應，這尤以流動電話網絡供應商為甚，令公司蒙受損失。

17 擔任繳費處收款員時……

神回金句

多謝三百四十蚊……呢度收你五百蚊，找番一百六十蚊，多謝晒！

優點剖析

數目分明

收款員最重要職責就是數目要清楚，因為所接觸的全是現金，不像支票那樣，要存入收款人戶口才能生效，所以要把賬單所列出的應繳款項、顧客交上款項數目，和由自己交回顧客的找續，都一一複述一次，讓繳款的顧客和收款員的自己都清清楚楚，免卻爭拗，亦可減少自己犯錯機會，要自己受掏腰包填數之苦。

有禮貌

雖然繳交費用是每位客戶的責任，但現代社會強調優質服務，身為公司職員，代表著整間機構的形象，禮貌周周是每位前線員工必備條件。

禁句例子

……。（全程只管收款找續但不作聲）

缺點透視

易生爭拗

收款員若果全程不作聲，很多不必要誤會可能由此而生。假如一位人客因一時大意，或一些年長客人因為老眼昏花，把二十元紙幣，當作五十元紙幣付款，而收款員看見對方付上一張二十元紙幣，但口裡卻沒說出顧客交上的款項總數，這樣，顧客便以為自己交上了五十元，但收款員卻只是收了二十元，到找續之時，顧客卻發覺少了三十元。這樣，各執一詞，爭拗便會由此而生。

沒禮貌

身為機構前線員工，對客戶連基本的致謝說話也欠奉，會為機構形象帶來負面影響。

18 顧客詢問其他繳費方法時……

神回金句

除咗親身繳交之外，仲可以自動轉帳、寄支票、用銀行櫃員機，或者透過「繳費聆」用音頻電話繳費都可以㗎！登記終端機就喺裡面！

優點剖析

講解詳盡

熟讀公司產品或服務資料，是每一位客戶服務員的責任，例如當有客人查詢繳款方法，客戶服務員不只是要把其中一、兩種選擇説出來，而是要把所有的方法都講出來，為客人提供所有資訊，讓他們細心選擇。

親身引領

遇有某些繳費方法可以在服務中心辦理手續的時候，應該主動向客人提出，進而親身引領，務求令客人感受到公司提供的優質服務。

禁句例子

帳單後面已經寫清楚晒㗎喇！

缺點透視

忘記職責所在

雖然每張賬單背面真的均有詳細説明，但別忘了有些客人可能有閱讀困難，而最重要的就是，客戶服務員職責之一，就是要解答客人提出的問題，如果客人説出問題，服務員未有盡全力去解答，這就是失職。

19 顧客申請服務沒帶齊證件時……

神回金句

先生/小姐，唔好意思，不如我俾份表格你，返屋企填完之後帶齊有關證件，再拎返嚟就得喇！

優點剖析

為客人著想

到某些服務機構或公司辦理申請手續，客戶帶不齊證件是常有的事。遇上這情形，一般客人都會覺得這是自己的責任，惟有下次帶齊證件再走一遍。但優質服務，就是要做到處處為客人著想，為免客人有「白走一趟」的不愉快感覺，客戶服務員向客人遞上申請表格，建議他回家填表，不單止可以使客人那種「空手而回」的感覺一掃而空，還可以使客人在家裡填表時，有時間慢慢核對清楚資料，根據表格上的指示，帶齊有關證件，保證下次再到服務中心時，可完成申請手續。

禁句例子

你冇帶齊證件，係辦唔到申請手續嘅，下次再嚟過啦！

缺點透視

態度冷漠

客戶服務員沒試圖做些什麼來協助客人，只冷漠的叫客人下次再來，一副「鬼叫你證件帶唔齊，幫你唔到」的模樣，是講求優質服務的前線工作者的大忌。

20 顧客對產品規格提出質疑時……

神回金句

放心啦，呢款氣體熱水爐有「GU」標誌，電視宣傳片都有講，證明合乎政府機電工程署嘅規定，保證安全！

優點剖析

客觀事實證明

家庭用品，尤其是使用電力或氣體的器具，安全規格和裝置最為重要，因此，若果能夠拿出實質的測試結果或安全標準報告，已經是最有力的推銷手法。

沒有花言巧語

售貨員沒有用花言巧語來推銷，只說出產品已達規定的安全標準，使客人對產品充滿信心。始終，購買電器或氣體爐具，不同於購買時裝，單靠美麗言辭，是不能打動顧客的心。

禁句例子

梗係安全啦，我哋係大公司，賣嘅貨品當然安全，放心啦！

缺點透視

缺乏實際質量證明

售貨員應該把公司所售賣產品的資料熟讀，向客人推銷的時候，把有關資料説出，若果忘記有關資料，只一味向客人灌輸含糊的概念，例如是「大公司貨品當然靠得住」等等，這種硬銷手法，在大城市商業社會中的高質素消費人口當中，已經是落伍和不湊效的了。

21 顧客對售貨員所推介產品說要考慮時……

神回金句

好呀，呢度仲有啲產品介紹嘅小冊子，請拎返屋企慢慢研究啦！

優點剖析

從客人角度出發

從公司立場來看，當然希望每位客人都會購物；從客人角度來看，他們只會購買認為合適的貨品。如何決定合適與否，那便需要資料的提供和考慮的時間。【神回金句】中的售貨員能夠從客人角度出發，當客人未可以拿定主意時，遞上小冊子來讓客人回家慢慢考慮，不單照顧到客人所需，更為公司贏取長期客戶打下基礎。

禁句例子

咁呀……。（立即面露不悅之色）

缺點透視

即時變臉

顧客不即時購買，不單沒有向客人遞上資料小冊子，還即時變臉，代表了售貨員只旨在完成交易，從沒有為顧客著想。

長遠壞影響

對不幫襯的顧客使用冷漠嘴臉對待，會對公司產生負面的影響，因為不滿意的顧客，會對他們身邊的親朋戚友，訴說這公司的不是。這樣一傳十、十傳百的輻射開去，當中有一部分，會真的不會幫襯他們談論的這間公司，這樣對公司影響會極其深遠。

22 遇上潮流先鋒的前衛型顧客時……

神回金句

先生/小姐，呢款最新型手機就啱晒你，360度環迴立體聲，電話響直情開咗Hi-Fi咁，型到痺；佢除咗影到相外，仲可以拍到一小時video，都係賣9,800蚊咋！

優點剖析

掌握顧客所需：型、靚、正

前衛型顧客最容易從外表分辨出來，因為他們最喜愛追逐潮流，喜愛走在時代尖端，所以當看到頭上架著太陽鏡，頸上掛著最新型號手機，一身最潮爆的衣飾，可把他們歸入前衛型顧客無疑。對他們來説，貨品最重要是有型、美麗、新潮，價錢不是最重要的考慮因素。所以，每當遇到這類顧客，便要集中把產品的型、靚、正特點向他們介紹，而達到促成賣出貨品的目的。

052 - 053 >

禁句例子

等我介紹，呢部手機咩多餘功能都冇，外型簡潔，又易用，防水、防撞又襟用，只賣400大元，抵到爛！

缺點透視

忽略顧客所需

「不有型，毋寧死」是前衛型顧客的座右銘，跟他們說「抵」、「襟用」、「經濟又實惠」等等，簡直是聽不入耳，如果不夠型、靚、正，免費送給他們也不會接受，因為會拉低他們的水平。

23 遇上平易近人的健談型顧客時……

神回金句

先生/小姐，不如考慮吓呢個充油式電暖爐啦，有四個轆，食飯推出廳又得，瞓覺嘅時候推入房又得，屋企有老人家同小朋友就最啱用！

優點剖析

迎合顧客態度

顧名思義，健談型顧客特點就是活潑開朗、健談、容易與人混熟，所以，售貨員遇上這類型顧客，不妨與他們多些溝通、多點說話、短話長說，與他們混熟之後，推介貨品自然容易得多。

關注客人所需

健談型顧客最關注的就是家人的需要，向他們推介一種能照顧一家大小的產品，證明售貨員關注到客人所需，肯從客人角度出發，對促成交易起了很大作用。

禁句例子

先生/小姐，隨便睇睇，有需要嘅時候叫我啦！

缺點透視

錯誤判斷客人類型

健談型顧客最喜歡與人溝通，不喜歡別人把他置之不理。售貨員錯誤估計顧客，以為他是屬於不喜歡被騷擾類型，會令健談型顧客覺得被忽略，最終可能感到沒趣而離去。

24 遇上精打細算的計算型顧客時……

神回金句

先生/小姐，呢部32吋Plasma等離子電視機最抵玩，南韓出品，畫質媲美日本大廠，保用五年，連安裝都係賣$18,000咋！

優點剖析

迎合顧客所需

計算型顧客只得一個特點，就是購物要經濟實惠，不只要求物有所值，甚至要求物超所值。因此，售貨員遇上這類顧客，一定要把產品的「抵食夾大件」特點介紹出來，務求迎合這類型顧客「花最少錢獲得最大回報」的消費心態。

056 - 057 >

禁句例子

先生/小姐，呢部O & B Plasma最經典，放喺屋企好似藝術品咁，朋友都會讚你有taste，唔包安裝都係賣$180,000咋！

缺點透視

錯摸客人喜好

在計算型顧客心目中，價錢就是一切，其他非功能性的因素，全都可以靠邊站，尤其對於一些只講求外型漂亮，設計前衛，一切以品味掛帥的貴價產品，都不在考慮之列。遇上這類型顧客，拚命把標榜獨特品味的貴價品牌貨品，推介給客人，只會徒勞無功。

25 遇上斬釘截鐵的話事型顧客時……

神回金句

先生/小姐，請隨便睇睇！

優點剖析

不需從旁協助

話事型顧客的特點就是不需要別人給予意見，他們自有獨特看法，會自己作主，旁人的意見他們不會理會，只會當成是一種騷擾。因此，售貨員遇上這一類型顧客時，只須禮貌地打招呼，然後退回一旁，靜待顧客的吩咐便可以。

不催促

話事型顧客除了有主見，更需要時間考慮，因此，售貨員不能催促，以為稍加催促便可以令這類客人下購買決定，恐怕到頭來他們下的決定是：離開。

禁句例子

先生/小姐，不如等我介紹吓最新到嘅時裝啦！今年最興熒光橙，最適合先生/小姐，不如又試吓呢件……

缺點透視

把客人錯誤分類

要分辨客人是否屬於話事型顧客其實不難。一般來說，客人剛進入店內，對售貨員的招呼沒多大反應，再加上其本人也不大作聲的，可暫時把他歸類為話事型顧客。這時便不應該一輪說話不停的向他推介產品，更進而向他催促，說可以試用或試穿產品，這只會引起這類型顧客的反感。

26 要開OT或額外工作，下屬有怨言時……

神回金句

公司唔多嘢做，又點會請你同我呢？唔駛開OT，即係無乜嘢做，咁反而要驚呀！

優點剖析

扭轉下屬負面提法

每個員工都不喜歡開OT（超時工作），尤其以月薪計算，開OT沒有超時補水津貼的那些員工。但現在上司對下屬，說出了打工仔生涯的真諦：公司聘用員工，就是因為有工作需要員工去完成，要開OT代表工作多，員工亦有了存在價值；否則，不需要開OT，可能代表公司的生意正在萎縮，工作不足，代表公司可能不再需要同樣數量的員工，部分員工對公司來說，可能已經沒有存在價值而會被辭退，因此，現在公司要求員工超時工作，代表公司仍需要員工把大量工作完成，這說話扭轉了下屬對開OT的負面看法。

同坐一條船

上司對下屬說：「公司唔多嘢做，又點會請你同我」即是表示，雖然自己是上司，但與各位員工一樣，同坐一條船，令下屬覺得上司每件事，都會從一般員工角度出發，代表下屬向公司反映意見，取得下屬的信任。

禁句例子

有咩辦法呀，公司叫到唔通唔做咩！咪咁多牢騷，快手做埋早啲收工仲好啦！

缺點透視

認同下屬的負面看法

沒有試圖開解下屬，疏導他們負面看法，還與他們一起怪責公司，只會令整個團隊士氣更低落。

消極態度

上司只叫下屬不要再多怨言，只管「快手做埋早啲收工」，這是消極的抗議方法，也是上司不負責任的工作態度。這種消極態度持續，上司自己管理下屬將會更困難。

27 下屬對新工作安排有微言時……

神回金句

我發覺你每當有新嘅工作安排嘅時候，都有啲唔同嘅意見，我可以點樣幫到你呢？

優點剖析

婉轉指出不妥當地方

上司說出發覺這位下屬，每次對新工作安排都有意見，婉轉地說出了公司認為他不妥當的行為，亦即是柔性地向員工作出了警告。

暗示要服從安排

下屬的行為是有點不妥當，但亦未致於等同犯了錯，但發展下去，卻可能影響他自己和其他同事的工作情緒和士氣，上司在這刻與這下屬對話，加強溝通和了解，把上司和公司的立場告訴他，暗示員工要服從安排，是防患於未然的好方法。

禁句例子

每次有新嘅工作安排，你都好似好唔滿意咁，你到底想點呀？

缺點透視

直斥其非，適得其反

以上司的威嚴來責難下屬，可能使原來是小問題，變成一發不可收拾，本來可能只是下屬情緒的輕度宣洩，但卻被上司當作大錯一樣來質問，只會迫令大家處於對抗局面，對解決問題沒有幫助。

當面否認，陽奉陰違

上司當面直斥其非，大多數下屬為保飯碗，當然會例牌被迫否認，並會應允改過，以後百份百遵從所有工作安排……等等。由於上司下屬並沒有經過對話，嘗試找出問題所在，上司亦沒有嘗試開解下屬，問題依舊未獲解決。員工表面順從，實際上態度依舊。

28 下屬服務態度需要改進時……

神回金句

剛才你sell嗰個客粒聲唔出咁走咗，其實情形係點㗎？你諗住點樣改善呢？

優點剖析

先了解情況

客人在售貨員或服務員介紹產品期間離開，原因可能有好多，可以是客人突然想起有要事、可能是手機響起要離開公司接聽、當然亦有可能是員工推介產品的態度有問題，因此，上司先瞭解情況，有助於與下屬傾談改善服務態度的問題。

引導下屬提供改善方法

上司單方面的告訴下屬，應該如何改善服務，是一件簡單不過的事，但身為下屬的，卻可能不大明白需要改善的原因，以致效果欠理想。若果由單向方式變成雙向方式，引導下屬提供改善方法，一來他會首先找到自己的問題所在，而提供的改善方法亦會是他易於辦到，亦使他牢牢記住，這可使事情事半功倍。

禁句例子

你頭先做乜同個客講啲咁嘅嘢呀？話咗你幾多次都係咁，醒啲先得㗎！

缺點透視

只顧責備

下屬推介產品時出錯，上司卻只管責備，不試圖了解當時情況，會令員工自我保護意識提高，只會把注意力放在如何自辯，而沒空間思考改善的方法。

沒明確指出要改善地方

上司沒指出下屬需要改善的地方，亦沒有提出改善的方法，更沒有引導下屬提供改善方法，只會令員工完全摸不著頭腦，到底自己哪裡犯錯仍不知道，遇上同樣情形可能會仍是碰釘。

29 下屬表現值得嘉許時……

神回金句

剛才你sell個客sell得好好，公司最欣賞表現好嘅同事，你自己又點睇呢？

優點剖析

肯定下屬表現

指出員工良好的工作表現，加以讚賞，可以使下屬知道，上司和公司對他良好工作表現給予肯定和支持。

下屬發表自己意見

告訴員工發表他對於自己優秀服務的意見，可以令下屬更清楚了解，自己在哪一些服務表現最優秀，有鼓勵他繼續維持這種優質服務的作用。

禁句例子

剛才你Sell個客做得幾好，講得好詳盡……但有咩理由，人哋想買部幾萬銀嘅數碼機王，你就話人哋初學買部傻瓜機就得㗎？

缺點透視

產生混淆

讚賞和責罵同一時間進行，使下屬搞不清上司的目的：到底是想傳遞稱讚的訊息，還是想責備員工錯誤的行為？

讚賞被抵消

就算上司這段説話，原來是包含了要稱讚下屬表現的意思，但因為緊接著讚美的是責備，員工剛才接收到被讚賞的訊息，都已被跟著的責罵抵消得八八九九，本來要嘉許下屬的目的便達不到。

30 提醒下屬要注意儀容時……

神回金句

我哋一著起套制服就代表住公司，所以儀容係好重要，好似男嘅就要剃鬚，女嘅就要將長頭髮紮起……

優點剖析

説明儀容的重要性

向下屬説明上班要注意儀容的原因，讓員工明白保持儀容整潔是工作一部分，沒有商量餘地，必須嚴格遵守。

説明要注意的項目

舉例説明要注意的事項，例如頭髮長度和顏色、配戴飾物、皮鞋規格等等，好讓下屬容易跟從，免卻個人喜好的偏差。

禁句例子

Peter，返工唔剃鬚，扮浪子呀？Mary，做咩唔扎起把長頭髮，扮貞子呀？

缺點透視

沒說明儀容的重要性

缺乏清楚訓示，沒有向下屬說明這是工作的一部分，忽略要向員工提出，這個最有說服力的原因，可能會使下屬以為，這只是上司個人喜好，根本與工作無大關係。

個人批評

直接指出下屬不妥當的儀容，甚至用帶有譏諷的語句，會令員工反感，對上司和下屬關係有著負面影響。

31 公司裁員 要給下屬解僱信時……

神回金句

呢次純粹係公司要縮減規模而裁員，同工作表現無關，希望將來仲有合作機會。

優點剖析

與上司對下屬評價無關

公司要把員工辭退，等於把員工在公司的生命完結，判了死刑，難過之情可想而知。此時此刻，必定要以「小人之心度君子之腹」，因為始終是由上司親身把解僱信遞給下屬。被辭退之員工，很可能會遷怒於身為上司的自己，所以，一定要澄清，此乃公司管理層的行政決定，與上司本人無關。

與員工表現無關

向下屬強調他的被辭退，與他工作表現好與壞無關，雖然結果都是同樣的不用再上班，但起碼能令員工不安的心稍感安慰。

禁句例子

一日都係班廢柴高層無用，投資錯誤就揾班前線員工嚟祭旗！

缺點透視

於事無補

事到如今，公司已落了命令，下屬被辭退亦已成為事實，什麼追究責任，或挑起下屬對高層仇恨已是無甚意義，相反只會令員工更感難過。

影響自己

上司自己作出批評，如果被有心人知道，更可能被利用作為辦公室政治手段，對上司自己的地位只有不良影響。

~Part 2~

見工面試

1 主考官問你最不喜歡哪類型工作時……

神回金句

我最唔喜歡應該係刻板單調同唔駛點樣用腦嘅工作。

優點剖析

沒指明工作崗位

要提防這乃主考官設下之陷阱，求職者要避免説出最不喜歡的工作崗位名稱，例如售貨員、客戶服務員等等，以免主考員説現正需要的，就是這些員工，被他以此作為拒絕聘用你的借口。若果被迫要説出一些職位的名稱，「工廠生產線裝配員」是最佳答案，因為香港現在已經沒有這一類型的職位。

百搭答案

求職市場上每一個工作崗位，都會被僱主説成是有創意、有活力、有挑戰性、不刻板的工作，以期吸引求職者，沒有一個老闆會願意承認，自己公司某些職位是單調刻板和不需要動腦筋的工作，茶水部阿嬸亦不例外。所以，說自己最不喜歡的就是單調刻板的工作，絕對是百搭的答案，面對任何公司、主考官和工作都絕對合適。

禁句例子

我最唔喜歡就係要計數同接觸人嘅工作。

缺點透視

暴露弱點

實際指出自己最不喜歡的工作類型，會直接降低自己獲聘用的機會。像【禁句例子】，如果說自己不喜歡與人接觸，那麼客戶服務、銷售、記者等等大部分工作已不合適；另外，說自己怕計數，那麼收銀、會計、經紀等等經常要接觸數字的工作亦不適合，那麼，還有什麼空缺會合閣下胃口呢？因此，求職者切忌指出，自己真正最不喜歡的工作類型，因為，最重要的是，「自己不喜歡」不代表「自己做不來」，況且，為工作付出是有薪酬作為補償的。

2 主考官問你 遇到討厭的同事或上司會怎辦時……

神回金句

我會嘗試搵出佢哋嘅優點，發掘佢哋喺公事上，容易相處同合作嘅地方。

優點剖析

公事為重

表明知道「朋友可以選擇，同事無得揀」，同事最重要的，是在公司相處融洽、在公事上合作順暢，不需理會同事為人是討厭與否，一切只以公事為重。

表現成熟

一切只從公司角度出發，個人喜惡靠邊站，向主考官表明自己是一個成熟的人。

076 - 077 >

禁句例子

盡量避免接觸，唔得罪佢就得啦！

缺點透視

行為膚淺

表現像個小學生，沒想過在社會做事，並不如小朋友玩泥沙那樣兒戲：做老闆的正在以自己的身家財產，來做一個賭博，每天都要拚命找生意，來維持公司的開銷；身為僱員的每天也在為公司賣命，努力工作來賺取薪酬來養妻活兒……。職場如戰場，豈可容許個人喜惡凌駕於公事之上，公事上難免同事之間要互相合作；求職者說自己遇到不喜歡的同事便會避開，這影響工作效率之餘，更暴露了他自己的膚淺、表現了自己的不成熟。

3 主考官問你有多少個小孩和他們年紀多大時……

神回金句

一仔一女，一個五歲一個三歲，太太冇做嘢，喺屋企湊佢哋。

優點剖析

照實回答

別講謊話，照實際情形説出家庭狀況，因為你永遠不知道，主考官背後真正目的是什麼。主考官可能認為，家中有小孩會是僱員事業發展的絆腳石，家庭問題特別多；他也可能認為有家室有小孩的僱員，因為要肩負起撫養家庭的責任，工作投入感會特別強、特別穩重可靠……所以，不需理會主考官的動機，只管一切照實回答，否則，有可能猜測錯誤之外，還屬於虛報資料，就算被聘用但日後被查出，也可導致無補償解僱，甚至被公司追討賠償。

禁句例子

陳經理，我明白你嘅意思……

缺點透視

胡亂猜度問題動機

正如【神回金句】之「優點剖析」中所提到，主考官問題的動機可能有好多，甚至可能是無動機，純粹見求職者成熟穩重，猜想他必已成家立室，以他家裡小孩作開場白而已，無其他目的，求職者這種回應，會令主考官對自己印象大打折扣。

賣弄小聰明

下屬「叻唔切」、「懶醒」之類的行為，是上司最不喜歡的。下屬喜歡在上司面前賣弄小聰明，揣測上司的心意和動機，最令上司感到不滿，亦足以令面試者求職失敗。

4 主考官最後問你還有什麼問題想問時……

神回金句

我想知道加入公司之後，會有咩發展機會？整個行業嘅前景又會係點呢？

優點剖析

避免單向溝通

整個面試過程，大部分都是由主考官發問，求職者回答，現在主考官容許情況倒轉過來，由求職者發問，那麼便要好好把握，這個雙向溝通的機會。不論求職者是否在漁翁撒網式的搵工，你所發問的問題，也要使主考官認為，你是很渴望加入這間公司，很關心自己成為公司僱員後，事業發展會如何。

留下深刻印象

發問有挑戰性的問題，例如「整個行業的前景如何？」，這些答案不是手到拿來，而是需要主考官思考的問題，會令主考官對求職者留下深刻印象。

禁句例子

我有問題問啦！

缺點透視

只求有人聘用

沒有問題向主考官提出，即是代表了求職者，並不關心公司和自己在公司的事業發展，這只會令主考官覺得，求職者只志在尋找一份工作，而不是在尋找一份職業——一份有前途的職業，這會使他懷疑求職者獲聘後，對工作的投入程度，印象因而大打折扣。

不耐煩

每位主考官提出這問題，除了這是公式化的結束語外，很多還是真的期望求職者會提出問題，但若果是對方說沒問題想問，會令主考官覺得求職者是希望盡早結束這拘謹、令人焦躁的面試，這樣對於求職者來說不能說是一件好事。

5 主考官問你認為自己有什麼缺點時……

神回金句

我諗係自己過份專注喺工作，每日公司最遲走嘅一定係我，同我合作嘅同事會感到壓力好大，我已經好努力改善緊喇！

優點剖析

把優點說成缺點

這問題非常講究技巧，一個人不可能沒有缺點，但如果真的很老實說出缺點，等於自揭瘡疤，但如果回答說沒有缺點，等於瞪大眼睛說謊話，所以，惟有把自己的優點，巧妙地說成缺點，或可以說是同事眼中的缺點、老闆和上司眼中的優點，這樣既回答了主考官的問題，又表現了自己對工作熱誠的一面，試問有哪間公司不希望聘請到一位有工作狂的員工？

禁句例子

我嘅缺點就係懶瞓，有時會遲到，但係遲到十五分鐘我會遲放工十五分鐘補償番！

缺點透視

自暴其短

主考官這問題，其實目的並不是想知道求職者的真正缺點，他亦從不曾這樣想過，因為事實上，絕大部分求職者都不會如實說出來。這問題其實是在考驗求職者的應對技巧和處理問題的能力，對方如實回答，不單止暴露了自己缺乏應對技巧，更只會給了主考官一個拒絕聘用的好理由。

6 主考官問你打算在公司服務多久時……

神回金句

只要俾我有發揮才能嘅機會，我就會一直做落去。

優點剖析

說出自己對公司的期望

面對這個問題，當然沒有人會回答說會做一輩子，也沒有主考官會期望這個答案。這問題的目的，其實在考驗求職者的思考能力和應對技巧，求職者亦不妨說出，自己會一直在公司工作的原因，例如是能夠令自己發揮才能、能使自己有滿足感、工作充滿挑戰性等等，說出自己對公司的期望，只要公司滿足到自己的期望，自己便會一直在公司工作下去。

不做愚忠員工

回答問題時也表達出，若果公司令求職者失望，他是會另謀高就，説明自己是一個進取的人，而這些亦都是每間公司所渴求的人才，主考官亦不希望聘請到的是一些愚忠的員工。

禁句例子

起碼做幾年睇吓點先啦！

缺點透視

求工作不是求職業

每個老闆未到求職者上班的那天，都未能知道他對公司的貢獻；同樣地，每個求職者未到上班的那天，亦未能知道公司，是否真的能給予他事業發展的機會。所以，在面試階段，主考官問求職者打算做多久，這當然是不容易回答的問題，但如果求職者回答説，不論情況怎樣，都會起碼工作幾年，才另作打算，很明顯表明了求職者，只是求取一份有報酬的工作，而不是在尋求一份有前途的職業，這對於希望聘請人才的公司來説，這求職者明顯地不是理想的人選。

7 主考官問你會否做無報酬的工作時……

神回金句

義工我都做過，而家我需要收入嚟維持生活，但係有時我都會去啲慈善團體幫吓手嘅。

優點剖析

表現對工作的熱誠

這個問題的真正意思是：「你對工作的投入程度有多高？薪酬的高低會是你考慮的唯一因素嗎？」。回答時，只要表現出自己對工作的投入和熱誠，再輔以自己以往一些真實的經驗，例如曾經做過義務工作等等，説明只要是有意義有貢獻的工作，我都會不問酬勞熱誠投入，但是，當然要補充一點，由於現實生活所需，有報酬的工作還是需要的。

禁句例子

工資高低反映一個人嘅價值，無酬勞嘅工作即係話我毫無價值，對我嚟講係一種侮辱。

缺點透視

捉錯用神

問題表面看來是有關於酬勞，真正意思卻是考驗求職者，對工作的投入程度。主考官亦知道，沒有酬勞的工作沒有人會做，若果主考官本身的工作也是沒酬勞，他也不會坐在那裡。但是若果求職者捉錯用神，把焦點過分集中在薪酬，而沒有提及對工作投入的程度，主考官便會看出，求職者對於這份工作，及對服務這間公司有多大的熱誠。

8 主考官告訴你假如公司不能付出你所要求的薪金時……

神回金句

呢個薪金喺試用期內都可以接受，相信喺熟習之後、工作有表現嘅時候，都可以有所調整嘅，係咪？

優點剖析

表明屬暫時性質

「壓價」是每間公司招聘員工時常用的手段，面對「要求薪酬」被壓低，若果被壓幅度不是太大，可以提出一個折衷方法，說明這個薪酬在試用期內尚可接受，免卻為薪酬被壓低而與主考官爭論，甚至錯失獲聘用的機會。

暗示適當時候作適當調整

告訴主考官，這是試用期內可接受的薪酬的另一原因，就是要令公司在試用期內，看到自己的優秀工作表現，暗示自己在熟習公司運作、工作有表現時，也是適當時候，把薪酬調整到原來所要求水平，只因自己物有所值。

禁句例子

公司認為應該俾幾多咪俾幾多囉！

缺點透視

放棄主導權

把薪酬的主導權交給公司，自己放棄爭取，別指望公司會給予一個合理的價錢，結果通常只會是壓價幅度大得驚人。

缺乏自信

沒信心爭取自己認為合理的報酬，可能使主考官對你重新考慮，因為這是缺乏自信的表現。自信心太低的員工，能否配合公司業務的發展，這是主考官最關心的問題。

9 主考官告訴你 假如公司拒絕你的職位申請時……

神回金句

假如貴公司有咁嘅決定，當然有你哋嘅理由，但係我自信係貴公司需要嘅人才，我仍然會繼續爭取機會。

優點剖析

冷靜面對

這是一個假設性的問題，目的只是測試求職者的應對能力，若果公司真的決定不錄用，根本不會由主考官面對面的，向求職者說出來。所以，對於這類假設性的問題，一定要冷靜處理，避免因為情緒波動亂了陣腳。

爭取最後機會

獲聘用或不獲聘用，根本就是一個機會的遊戲，各有一半的機會，為了增加獲聘的可能性，把握機會，向主考官重申，自己是這個職位的合適人選，才是這問題的最佳回應。

禁句例子

點解呀，有邊方面唔適合呀？你話我聽吖！

缺點透視

處變得個驚

對於這個假設性問題，求職者應該要處變不驚，冷靜處理問題，但若果一聽到突如其來的問題，卻顯得不知所措，這歇斯底里的反應，會使主考官懷疑你，有否具備處理意料之外事情的能力。

~Part 3~

交朋結友

1 朋友抱怨今年繳納稅款多並問你也納稅多少時……

神回金句

我仲未收到稅單，未知納幾多稅，下次話你知啦！

優點剖析

保護私穩

雖然有其他免稅額的扣除，但是心水清的朋友，還是可以從一個人要繳納稅款的多少，推算出他全年總收入的大概，而個人收入是私隱之一，遇上有朋友問上述問題，借故說自己仍未收到稅單，免於回答問題，可以有效地保存個人私穩。

避免比較

個人全年收入多少，某程度上可以算是個人尊嚴所在，基於「納稅多等於收入多」這個簡單理論，若果你也把自己的稅款公開，朋友發覺原來他納稅比你多，代表他收入多過你，可能會小看你；反過來說，若然你納稅比朋友多，代表你收入比朋友多，朋友可能會不高興。所以，避開不回答問題，避免了無謂的比較，大家平等對待，一團和氣。

禁句例子

我仲慘過你，我要納多過你成倍呀！

缺點透視

傷害朋友自尊心

可能朋友只是一時口快，詢問你也納稅多少的時候，並無帶有任何目的，只當是一種情感上的宣洩，但當你毫無保留地，說自己要納的稅是朋友的一倍，雖然口中說慘，但其實亦代表了你自己的收入，大概是朋友的兩倍，對於大家都是平輩的朋友來說，這對於對方的打擊不可謂不大。

2 朋友讚美你衣著品味 並詢問你的平價衣飾價錢時……

神回金句

我都唔記得囉，我係喺尖沙咀買嘅！

優點剖析

不提價錢，只說地區

能夠以不高的價錢，購買到一些人人以為是高價的貨品，並且引來朋友的讚譽，這是因為你有獨到的眼光，而贏取應得的獎勵，同時間，你亦應該保持你選購衣飾的某些秘密，例如是價錢和經常流連的時裝店名稱，以保持神秘感。因此，不提價錢，只說出你購物的地區，以概括性的答案應付便可以。

避免以價錢作審美標準

很多人會認為「平嘢冇好，好嘢冇平」：購買昂貴的衣飾就是品味高，購買便宜的衣飾就是品味低。不說出你獲得好評平價衣飾的真實價錢，就是不希望朋友以價錢作為審美標準。

禁句例子

我係喺尖沙咀加連威老道買嘅，幾十蚊啫！

缺點透視

揭露自己底蘊

雖然身穿平價衣飾是一件很普通的事情，但能夠把平價衣飾穿得高貴，備受讚賞，就是有品味的表現，也就是一件不普通的事情。但若然把衣飾的價錢說出，不少人便會以價錢作為審美標準，把原來是你應得的讚美收回，更暴露了自己購買衣飾的秘密，這些都是無須要向別人披露的事情。

3 朋友讚美你衣著品味並詢問你的貴價衣飾價錢時……

神回金句

我都唔記得咗囉……（朋友追問：「駛唔駛$××××？」）係咁上下啦！

優點剖析

避免階級差距

貴價貨品可以是普通人家的奢侈品，但卻只是富裕人家的必須品。若果【神回金句】例子中的當事人是屬於後者，在回應詢問他的普通朋友，說出他貴價衣飾的真實價錢時，可能引起朋友的驚訝反應，更可能令朋友感到自卑。顧及對方感受是做朋友的責任，這就是不要說出真實價錢的原因。

免招妒忌

說出貴價衣飾的真實價錢，可能令人錯誤以為，你自己喜歡show

off、到處炫耀一番。為免招來妒忌，就算朋友再追問，說出一個數目，問你是否就是這個價錢時，也只須回應說：「咁上下啦！」，不作承認，亦不否認，把朋友敷衍過去便成。

禁句例子

喺半島酒店商場買嘅，四千幾囉！

缺點透視

不恰當的誠實

有如在【神回金句】中的「優點剖析」所提到，說出真實價錢，只會令不能負擔同樣價錢貨品的朋友感到自卑，覺得自己比不上人；其次，會使朋友覺得你是一個愛炫耀的人，為自己帶來負面評價是不值得的。

4 遇上習慣當眾說粗言穢語的朋友時……

神回金句

哈哈……Peter，你果然夠晒豪邁奔放，連講嘢都粗獷過人，但係我相信你剛柔並重，說話都可以好斯文嘅！

優點剖析

認同對方豪邁粗獷

遇上新相識的朋友，一開始便指出對方的説話風格令人感覺不舒服，是一種不太禮貌的行為，但這位朋友喜歡當眾講粗口，又確實令身邊朋友尷尬，不能置之不理。所以，應付這種場面，第一步，應該是先向朋友的豪邁粗獷舉止表示認同，表面看來好像接受了他這種行為，實際上是告訴他，我已留意到你這種「出位」風格。

引導對方收斂

稱讚對方應該是剛柔並重，連説話都可以變得溫柔斯文，其實是婉轉地請求他把粗獷説話收起，改用斯文的語句與身邊朋友溝通。若果對方仍然沒有領會到，説話依然夾雜大量「星星月亮太陽」，相信也是向這位朋友告別的時候。

禁句例子

你可唔可以唔講粗口呀？

缺點透視

崩口人忌崩口碗

一個人習慣講粗口，很多時候都是與他的出身和身邊環境有關。不滿朋友講粗口而直指其非，朋友會覺得你不單止不滿意他的行為，更認為他是一個沒教養、沒家教的粗鄙人士，對他來説是一種侮辱。這指責所造成之尷尬，與及對朋友間關係所造成之破壞，是不能低估的。

5 自己剛找到新職位，朋友查問相同職位還有否空缺時……

神回金句

我返咗工之後幫你留意吓啦！

優點剖析

以拖延代替拒絕

現代社會尋找工作不同幾十年前，有氣有力肯做肯捱，便會有人聘用。現在很多職位都要求求職者，要擁有某種學歷和相關工作經驗，能夠獲聘可算是過五關斬六將，得來不易。換言之，朋友詢問你相同職位，是否還有空缺的時候，他必須起碼與你擁有同等學歷和經驗，才有資格申請，但根據你的了解，他事實並不如此，與其告訴他真相，傷害他的自尊心，倒不如以「拖」字訣，代替當面拒絕他，表面說會幫他留意，其實是讓他把事情慢慢忘記。

避免「相見好，共事難」

做朋友不同做同事，朋友之間沒有利益衝突，友誼可以得以保持；但如果介紹朋友進入公司做了同事，「朝見口晚見面」，工作上接觸多了，可能會產生不少磨擦，甚至被辦公室政治所迫，成為互相對壘集團的成員。所以，説會幫朋友留意有否空缺，是婉拒朋友的方法，目的都是避免「相見好，共事難」。

禁句例子

呢份工作需要擁有專業文憑，同埋五年有關工作經驗，唔知你夠唔夠quali呢？

缺點透視

傷害朋友自尊

可能朋友只是隨口問問，你卻認真地回應，還一字不漏的好像招聘廣告把條件一一列出，如果朋友真的「未夠quali」，這只會傷害到他的自尊。

傷害彼此友情

你嚴肅的答案，不單止可能打破了朋友的希望，更令朋友覺得你看他不起，破壞了彼此之間的友誼。

6 遇上愛炫耀有很多擁有名車的富貴友人的朋友時……

神回金句

係咩？幾好喎……

優點剖析

唯唯諾諾的敷衍

曾否遇上過一些朋友，尤其是女性朋友，當被問及昨天星期六晚有甚麼節目時，她會回答：「和朋友遊車河，我坐的是朋友駕駛的平治　CLK，另一個朋友駕駛的是開篷保時捷。」；問她剛才乘搭什麼交通工具前來時，她會回答：「朋友用他的BMW送我來的。」對於這一類喜愛「拉別人裙子蓋自己雙腿」的人，以為經常把富貴朋友掛在嘴邊，別人便會對她另眼相看、特別尊重，事實卻只會暴露了她自卑的心態。對於這類人，每逢他們説朋友如何富貴、朋友的汽車如何名貴，我們只需要唯唯諾諾的敷衍兩句便可以，不需要認真對待，因為，最重要的是，我們怎知道他們是否正在編織謊話呢？

與我無關

就算這類朋友所說的是真話，那麼，他們朋友富貴，又與我何干？難道那些名車會借給我跑兩圈吧？一切與自己無關的事，漠不關心是很自然的事。

禁句例子

你啲朋友真係富貴，我就連「大發仔」都養唔起呀！

缺點透視

揭露自己底牌

既然不知道這類朋友，所說的到底是真是假，當然不用動氣，也不用自卑，更加不應該回應，說自己是無車階級。正因為他們極有可能是在天方夜譚，雖然我們並不需要跟他們一般見識，也來一次大話西遊，但起碼也不應該跟他們認真，透露自己個人真實的情況，那才夠公平嘛！

7 遇上愛炫耀名牌衣飾的朋友時……

神回金句

（平淡地）你呢個最新款LV斜孭袋，我都喺雜誌上面見過，個款唔錯呀！

優點剖析

冷淡面對

對於一些喜愛全身掛上名牌logo，然後到處招搖，唯恐別人不知道他們所穿的是名牌的朋友，最佳應對方法就是冷淡對待。等他們向你炫耀最新款產品，滿以為你會有驚愕反應時，你卻給他一個見怪不怪的表情：「最新款吓嘛？OK啦，唔錯吖……」同時，更要給他知道，流行資訊我也很熟悉，別在我面前班門弄斧，要他自感沒趣的不再騷擾你。

保持神秘感

告訴朋友這些最新款式我也在某些地方見過，但沒有透露自己是否擁有，令朋友猜不透，保持個人神秘感，是應對這些愛炫耀朋友的最佳方法。就是因為他們摸不清你的底蘊，他們囂張狂妄的態度，才不夠膽盡情發放。

禁句例子

嘩！呢個係最新款嘅LV手袋喎，駛唔駛六千銀呀？

缺點透視

正中下懷

朋友到處炫耀、苦心經營、花盡千金的目的，就是要博取別人的讚嘆。如果給這類朋友有如【禁句例子】中的反應，只會正中他們下懷，助長他們的氣焰。

洩露個人秘密

這種大驚小怪的反應，追問朋友花費了多少的説話，等於告訴朋友：「我沒你那麼本事，這等貴價產品，我不曾擁有。」這只會使他向你投以鄙視的目光。

8 遇上説話夾雜大量但不適當英語的偽ABC時……

神回金句

我深切體會到客戶嘅嚴格要求，我哋會竭盡所能，務求喺限期前完成，請相信我啦！

優點剖析

正確語文示範

很多語言大師都曾經説過，説話時夾雜大量英文，不代表那人英文好，只代表他中文不好，英文亦不好，語文好的人只會是全中文或全英文對答，不會半中半英。遇著那些夾雜大量不需要、不適當英語的「偽ABC」，在回應他們説話時，最佳方法就是全中文對白。

不跟對方一般見識

很多時候這些偽ABC，會以自己能夠半中半英的說話，引以為豪，覺得自己高人一等。要表達對這些「上等人」的不滿，全中文回答就是一種婉轉的抗議；若然對自己英文程度有信心，也可以選擇全部英文回答，向對方挑戰，看他如何應付。

禁句例子

我deeply體會到client嘅嚴格demand，我哋會try我哋嘅best去satisfy佢，hope that可以before deadline就finish到，請trust me啦！

缺點透視

被牽著鼻子走

曾親眼看見有一位朋友，遇上以上提到的「偽ABC」客戶，在與朋友商討一些商業合作細則的時候，以中文夾雜大量不需要和不適當的英文。不知道朋友是否為了投客戶所好，也像著了魔似的，跟客戶一樣，以中文夾雜大量不需要和不適當的英文，作出了有如【禁句例子】中的回應。聽到這些刻意滲進英語的不倫不類語句，只感到啼笑皆非，看到朋友被客戶牽著鼻子走，喪失了自己風格，成為「偽ABC」一分子，亦算是奇觀異景。

9 社交場合眾男士評頭品足的女性原來是自己女友時……

神回金句

我真係執到寶都唔知，原來我女友咁高質素，多謝各位提點！

優點剖析

避免尷尬

男性都有一個共通點，就是喜歡品評家人和朋友以外的女性，「朋友妻」當然亦不在品評的行列。基於「不知者不罪」的原則下，若果在某一場合眾男士品評的一位女性，原來就是自己女友的時候，由自己開腔，説多謝大家提點來打圓場，是避免大家尷尬的一個好辦法。

盡顯大方幽默

身為男友的自己，能夠這樣機智的打圓場，不但避免了尷尬，也向女友表現了自己的大方得體，盡展幽默智慧，分數也加添不少。

禁句例子

（嚴肅地板起面孔）呢個係我女朋友嚟㗎！

缺點透視

小家子表現

身為男性應該知道，很多男人都是口花花，見到女士雖然會評頭品足，但卻無傷大雅，因為大多數只是「得個講字」。若然男友遇到上述情況，會嚴肅地板起面孔，露出不高興表情，不但令場面尷尬，亦會使女友覺得自己有小家子脾性，如此這般的場面都不能應付，對男友的整體印象大打折扣。

10 朋友主動透露與女友的床上秘密後，也要你「自爆」時……

神回金句

無可奉告！

優點剖析

保護個人私隱

床第之事是男友與女友二人之間的秘密，不只是男友的私隱，也是女友的私隱，「無可奉告」等於尊重自己、尊重女伴，是一件不容妥協的事。

絕對不可「等價交換」

有些人對於「情報交換」總有著錯誤的想法，滿以為先向對方披露一些自己的資料，之後便可以要求對方，也向他披露同樣的資料，這只是一廂情願想法。除非這是事先定下的協議，甲方同意向乙方透露私隱後，乙方亦要向甲方透露同樣資料，否則，甲方的要求便沒有約束性。每個人對於個人私隱的看法有所不同，有些人很看重，有些人卻無所謂，所以，個人私隱絕對不應有「等價交換」這回事。

禁句例子

我哋喺床上面咪咁咁咁咁囉！

缺點透視

典型賤男人

將床第之事說出來，廣東話形容這些人為「蹺完唱」，比「蹺完鬆」更受鄙視、更令人看不起，完全不尊重對方，是賤男人中的典範。

謊話當真相

別以為以假話、假的事實說出來敷衍對方便可以，床上之事不同其他，除了當事的男和女之外，沒有其他人或客觀事物可以證明其真偽，因此，就算是以謊話代替事實，聽者都會當了是事實一樣接收，你仍然是一個徹頭徹尾的「蹺完唱」賤男人。

11 朋友誇獎你成就比他高時……

神回金句

你比我成功得多就真，你有老婆又有仔女，咁先至係幸福人生嘛，我仍然孤家寡人，我都唔知幾羡慕你呀！

優點剖析

稱讚朋友比自己優勝

很多時候，朋友稱讚自己，並不要被表面的説話所蒙蔽。例如，朋友誇獎你成就比他高的時候，內裡的意思並不一定是羨慕你成就高於他，而是在歎息自己成就低於你。為了要減輕他這些不安的感覺，抓緊朋友其中一樣看來比自己優勝的地方，反過來給他讚賞，自嘲自己在這方面比不上朋友，朋友他這些才算是成就，這樣可令朋友感覺舒服得多。

禁句例子

我付出咗好多先至有而家嘅成就㗎！

缺點透視

招人妒忌

同樣情形，忽略了朋友説話背後的意思，以為朋友是衷心的讚賞你自己，於是放開胸懷傾出自己的心聲，卻不知道，聽在朋友耳朵裡，卻有另一番的意思：「我沒有你那樣高的成就，你即是説我懶惰、説我沒有付出！」。不經過深思熟慮的説話，容易招人妒忌。

12 朋友誇讚你學歷比他高時……

神回金句

我就係唔夠你咁叻仔，先至要將勤補拙讀多啲書，點好似你咁醒學晒Bill Gates，書都唔繼續讀一早出嚟搵銀呀！

優點剖析

把自己變渺小

在香港要取得高學歷，必須要在公開考試取得優良成績，這是一個優勝劣敗的遊戲；另外，也可以選擇到外國升學，但首先要家境可以負擔得來，這是一種金錢掛帥的投資項目。以上兩種取得高學歷的途徑，都是建立於不是人人平等的基礎上：聰穎或平庸、富有或貧窮。因此，當朋友讚賞你學歷比他高的時候，其實亦等同在誇耀你比他聰穎，或比他富有（甚至有更消極的想法，是他比你平庸、比你貧窮）。為保持朋友的良好關係，把朋友眼中你的優點幽默化，說自己要多讀書不是因為聰穎，只因為蠢鈍，把自己作有限度的矮化，無傷大雅，但結果會皆大歡喜。

把高帽回贈朋友

説完你自己，便要把焦點轉移投射在朋友身上，稱讚朋友其實也有先見之明，沒有繼續讀書，其實是效法Bill　Gates的做法，對自己充滿信心，不浪費時間在書本理論上，實行早一點投身社會「搵真銀」。這可以把朋友不能升學的真相，例如是公開考試成績不理想、家庭環境不容許等傷感原因，有技巧地一一避開。

禁句例子

無辦法啦，唔讀多啲書搵唔到食㗎！

缺點透視

沒理會朋友感受

如【神回金句】中所説，朋友稱讚你學歷比他高，其實他心裡已自覺比不上你，若然你對這讚美沒技巧地處理，作了像【禁句例子】一樣的回應，那便等於拿起一個搥子，向朋友心頭猛力敲了一記，令他猛然醒起：「我學歷比你低，難怪我現在搵食那麼困難！」只會令朋友更自卑、更不好受。

13 朋友當眾讚賞你靚仔或靚女時……

神回金句

見到你哋咁多位靚仔靚女，我心情靚晒，個人自然靚咗啲啦！

優點剖析

不承認亦不否認

「靚仔」、「靚女」這兩個形容詞，近十多年被濫用之程度，差不多可以被列入健力士世界紀錄大全。大明星大歌星故然會被人稱為靚仔靚女，但牛頭角順嫂到馬頭圍街市買餸，亦可能被菜販稱為「靚女」。因此，被朋友當眾稱讚為靚仔靚女，一時間還未知是褒是貶，最穩妥方法就是有如【神回金句】的回應，既不承認也不否認，以免表錯情。

借花敬佛

把朋友的讚美順水推舟，說其實大家都是靚仔靚女，不論朋友是衷心的讚美，或者是有意的揶揄，都會有福同享，有污名一齊擔當。

禁句例子

唔好講埋呢啲衰嘢！

缺點透視

默認了稱許

對於朋友稱讚自己一些不能否認的好事，例如「你就好啦，中咗六合彩！」、「你就好啦，嫁個老公咁有錢！」或「點同你吖？打政府工唔怕失業！」等等，當事人一般都會回答：「唔好講埋呢啲衰嘢！」，代表著「我沒辦法不承認，但請你放我一馬！」的意思。同樣情形，若然朋友稱讚你靚仔或靚女，你照【禁句例子】一樣回應，等於默認了稱許，小心會招來旁人的妒忌。

14 臨睡前友人來電 沒意思掛線時……

神回金句

咦？聽朝你返工返幾點呀？

優點剖析

關心友人

相信很多人都有這種經驗：在臨睡覺之前有朋友打電話給你，本以為三兩句便可結束，誰知朋友越講越起勁，沒有收線的意圖，自己開口説要掛線，又好像不太禮貌……其實，只要在你們對話之中加插一句：「聽朝你返工返幾點呀？」，完全沒有唐突的感覺，對方只會覺得你在關心他；就算對方經驗豐富，知道此乃示意收線的訊號，也會很自然的回答：「聽朝咪又要返九點，我都要瞓啦，唔阻你，拜拜！」然後掛線，【神回金句】可算是理想的掛線總結語句。

弦外之音

詢問朋友「聽朝你返工返幾點呀？」弦外之音是：「我明早和你一樣也要一早上班」，令朋友知悉，雖然自己不好意思直接提出，但這也應該是掛線的時候了。

禁句例子

好夜喇，唔講喇，我要瞓啦，下次再傾啦！

缺點透視

令對方不好受

捨棄婉轉的說話，改由自己直接開口說要收線，原因是已經很晚、自己要睡覺等等，在電話筒另一邊的朋友聽到，會覺得是你嫌棄他「長氣」，嫌棄他阻礙著你上床休息，覺得被迫中斷通話，全是他的錯，令朋友不好受。

15 在酒吧或卡拉ＯＫ飲酒作樂不知誰付帳時……

神回金句

唔好意思，我聽朝要返Office開早會，走先喇咁多位！

優點剖析

避免成為最後付帳者

下班之後，三五知己到酒吧或卡拉ＯＫ飲酒作樂，通常會出現以下情況：遣興期間，經常會有不太相熟的所謂朋友，在中途加入或退出，他們有些或猜拳「劈酒」，或飲酒「吹水」，當然期間亦會叫來不少未付帳的飲料和食物；在酒精和香煙夾攻下，不少朋友可能已經酒醉不醒，有的借醉或借故一早離席而去，總之，現場只會剩下寥寥可數的幾個人。

結果，到最後結帳時，走的已經走了，醉的亦已醉到不能作正常反應，除非自己是已走了或已醉了的一份子，否則，侍應生遞上帳單時，自己會很難避免的成為犧牲者——要刷卡支付可能高達幾千元的帳項，過後還很難追討。

因此，要避免成為慘劇中的主角，每逢這些場合，一定要把握時機，在早段或中段時間，放下自己應付的那一份酒錢，然後借故（通常是明早要開會）早走，那樣才可以明哲保身，長戰長有，不用被人「一Q清袋」！

禁句例子

咁……咁咪坐多陣先囉……

缺點透視

心太軟

要做到縱橫Happy Hour，笑傲酒吧卡拉ＯＫ，一定要「心狠手辣」。心狠者，下定決心要早走，便不要回頭；手辣者，一手掏入口袋拿出自己應付的酒錢，放下便算，拿多了拿少了也不要計較，離開現場最要緊！如果不能謹守以上守則，在告訴大家自己要早走，經朋友（或靚女朋友）勸兩句下，便心軟下來再坐一會，到頭來，原來別的朋友比自己更快離開，心太軟的結果，可能換來再一次成為最後付帳的犧牲者。

16 朋友相約落Disco並介紹女性給你認識時……

神回金句

我有啲事要遲少少到，不如你哋入場跳住舞聽吓歌先，我會嚟join你哋㗎喇！

優點剖析

避免觀音請羅漢

現代社會，為了要表現紳士風度，男與女一起進入一些消費場所，很多時都會由男士付帳，包括一些要收取入場費用的disco。因此，每當朋友相約落disco說有甚麼女孩子同行，為了避免要一個人支付一個、甚至兩三個同行女孩子、起碼六、七百元的高昂入場費，借故說自己會晚一點才到，叫他們自己先入場，避免一同進場，由自己支付初相識女子的入場費用，這是一項明哲保身、又不會被人當作是小家男人的做法。

避免不合眼緣的尷尬

男方與女方素未謀面，若果在disco門口等候，然後一起進場，便好像告訴對方：「這晚我是為你而來的。」假若彼此不合眼緣，餘下的時間將會很難捱。假如大家是一個早、另一個遲入場，感覺便截然不同，大家是在喧鬧嘈吵的舞池中初見面，和其他disco的客人一樣，合則繼續，不合則各有各自尋歡樂，彼此沒有什麼束縛，更可避免不合眼緣而要繼續的尷尬。

禁句例子

好，咁喺disco門口等，然後一齊入場啦！

缺點透視

心甘情願作「羊牯」

現代女性經濟獨立，每月收入比男性多的女士們比比皆是，在社交聚會中，她們很多時亦不會介意支付自己應付的那份兒。但是在喜歡夜生活的女性當中，我們不能排除有不少女士，專愛向男士們身上討便宜，例如，大家才初次見面，便要由男方支付disco入場費的，便是其中一個例子。

其實，男士絕不介意付帳，卻介意被人當「羊牯」，事實上有不少「夜之女」，在入場後便會自己尋歡作樂去，把剛才為自己付款的男士和朋友們置之不理。

因此，若果不能巧妙地分開先後進場，而選擇同一時間入場，便等於心甘情願地，擔當同行女子的付款機器，義無反顧的做傻瓜。

17 保險從業員公餘遣興向新朋友自我介紹時……

神回金句

我係做保險嘅，不過收咗工之後唔講公事，唔派卡片！

優點剖析

朋友放下戒心

「保險經紀」這四個字，在不少人眼中有如洪水猛獸，聞之色變，皆因他們都害怕這些保險從業員，會把握每一個機會，向他們銷售保險。但是，保險經紀也是人，也會公餘消遣、也會有認識新朋友的時候。因此，在初次見面時，如果能夠開心見誠的跟朋友說，自己是做保險的，但現在已下班，不談公事，這樣便可以令朋友放下戒心，開展友誼。

勾起朋友好奇心

一般人之所以害怕保險從業員，就是怕他們開口埋口都是向人銷售保險，但現在你卻在介紹自己是一名保險經紀之後，對保險便隻字不提，反而會勾起朋友的好奇心，轉而追問你在哪一間agent工作，問你取名片……等等，話題亦由此打開。

禁句例子

我係做保險嘅，呢張係我卡片，請多多指教。

缺點透視

人人都怕了你

保險經紀在現代社會中，有如咳嗽人士在沙士肆虐期間，同樣是「一聞其聲，十步之內皆不見人影」，因為社會人士，普遍對保險從業員都有一定偏見，要是在工餘消遣期間，對新朋友仍然像返工見客一樣的自我介紹，同時遞上名片，別人心裡一定對自己說：「都係保持距離好啲！」友誼亦難以展開。

18 與友人晚膳 爭著請客付帳時……

神回金句

頭先我去洗手間嗰陣已經埋咗單。今餐我嘅，下餐先至輪到你請啦！

優點剖析

避免做「食客」

古有孟嘗君，養有食客三千，而現代社會亦有一些人，喜歡每次飲茶吃飯，均是由他們付帳。他們每次都由自己掏荷包請客，可能是由於自己輩分或地位原因，例如他們是比對方年長或較高職位。表面看來，他門好像不介意每次均由他們付帳，但實際上，不能排除他們是有一點介意這個可能，但只是不好意思開口。所以，若果採取【神回金句】中的做法，偶然一次由自己請客付帳，不但可以令對方心感快慰，也可以避免自己成為「食客」，一種寄人籬下的無助自卑感覺。

盡顯誠意

用「借尿埋單」這方法付帳做成既定事實，盡顯自己要請客的誠意，也避免了爭埋單不果而令自己尷尬的場面。

禁句例子

唔好同我爭，等我嚟！

缺點透視

爭埋單場面尷尬

相信每個人從小開始，都曾經見過父親或母親，與叔叔或嬸嬸輩爭著埋單的混亂場面，想不到這「優良傳統」竟也傳到下一代。爭埋單時候，不但你推我拉，要和朋友角力，也要威脅侍應生不要拿取對方的鈔票或信用卡，只可拿取他們自己的，情況之混亂，旁人驟眼看起來還以為茶客們在打架。事前不安排妥當，到侍應生送上賬單的時候，尷尬情況便會由此而起。

19 朋友外文語法不正確時……

神回金句

係呀！啲heavy smokers（煙癮深人士）梗係反對食店全面禁煙啦！

優點剖析

糾正於不知不覺中

其實不止是英文，就算是在普通話日漸普及的今天，遇上自己發音不標準，若果朋友當面指出你的錯處並加以糾正，自己會感到不是味兒，而且會打擊自己再次嘗試説普通話的信心；但是，如果朋友以標準的普通話來回應你，把你錯誤的地方，有技巧地以標準發音來重複一次，不但不會令自己感到尷尬，同時會令自己欣然接納朋友的糾正，這情況放在朋友外文語法不正確時，同樣湊巧，在不知不覺之中糾正了朋友的錯處。

禁句例子

煙癮深人士嘅英文係heavy smokers，而唔係deep smokers嚟！

缺點透視

打擊朋友信心

直接指出朋友語法錯誤之處，尤其是當著眾人面前，會令朋友尷尬不已，打擊了朋友的自信。要知道朋友與人對話的目的是溝通，而不是向別人請教外文，朋友並沒有邀請對方糾正他的外文，貿然指出友人外文語法不正確，是一種不成熟、不了解別人感受的表現。

20 朋友的髮型或服飾前衛兼奇特時……

神回金句

幾特別呀，襯晒你！

優點剖析

態度中肯

每個人打扮得特別一些，不論旁人感覺如何，他本人都一定是覺得與別不同才會穿戴出來，目的都是希望贏得別人的認同和讚賞。但是，如果朋友的打扮確實是過分「出位」，令人未敢貿然讚賞，以類似【神回金句】作回應，無彈亦無讚，這是態度最中肯、最保險的回應方法。

禁句例子

你受咗乜嘢刺激呀？

缺點透視

直指品味有問題

這話除了說明，你對友人打扮的不表認同之外，更令朋友覺得你對他品味的全盤否定，因此改用帶有諷刺意味的說話來回應，這直接打擊了朋友的自信。

可能刺痛心靈深處

朋友打扮的失常，可能正正是心靈受到創傷的表現。如果經過你無心的說話一語刺中，只會令他傷上加傷，企圖以奇特打扮來平衡心理的計劃，又被徹底破壞。

21 排隊期間人龍前段的朋友力邀你上前到他位置插隊時……

神回金句

（對朋友）唔駛喇……（假裝手機響起接聽）喂，係係……（假裝專心講話，不理會朋友，直至朋友排隊完畢為止）。

優點剖析

避免直接拒絕「好意」

由於教育的普及，香港市民普遍都已是「有禮一族」，凡事講求守秩序，但仍有個別人士對於「遵守秩序」這概念，還是有一點模糊。例如，在排隊人龍中，不論是在等候巴士，還是等候繳交費用或辦理申請手續，有朋友排在人龍前段，若果有他的朋友在同樣位置加入，當事人會覺得這是正常不過，但其實這樣也算是變相的「打尖」。更尷尬的是，如果在人龍中，排在後段的自己，被排在前段的朋友發現，朋友當眾大聲叫自己上前插隊，他認為這是天經地義，不算「打尖」，但你自己卻尷尬不已，因為這也算是變相的插隊。若果你自己已經幾番向朋友示意推卻，朋友卻仍然盛意拳拳的力邀你上前插隊，自己惟有假裝要接聽手機來電，婉拒朋友的「好意」了。

保障自己

拒絕朋友插隊的邀請，同時亦可以保障自己。首先，這可以避免其他排隊人士的敵視目光，讓他們知道，其實你自己也是一個守秩序的人；其次，如果接受朋友的「好意」，上前插隊，被維持秩序的人員看到，把自己抽出來，非但蒙受不白之冤，更要自己從頭排隊，得不償失。

禁句例子

唔好喇，我係唔會打尖嘅！

缺點透視

得罪朋友後果深遠

當眾拒絕朋友的「好意」，並且説明朋友叫你上前插隊「打尖」，是不當的行為，雖然可以避免得罪其他排隊人士，但卻開罪了這位朋友，這對於彼此間友誼的破壞，後果要比得罪了其他排隊人士嚴重得多！

22 朋友邀請同往選購盜版名牌產品時……

神回金句

我剛啱有啲事唔得閒，不如下次先啦！

優點剖析

避免犯法行為

製造盜版或冒牌貨品，是一種侵犯知識產權的行為，而購買這些翻版產品，亦等於鼓勵了這些非法行為。有些時候，購買者甚至會被有關方面拘捕和檢控。例如，在深圳購買翻版電影電視光碟，於過關時被國內關員搜出時，可能會被判以天文數字的罰款，因貪便宜而購買盜版貨品，結果只會得不償失。因此，朋友一切有關購買翻版或冒牌貨品的提議，均要拒絕，是為明智的決定。

136 - 137 >

婉拒朋友

既然朋友可以向你提出一起選購盜版貨品，他必定認為使用翻版貨品沒有什麼大不了，對於彼此之間價值觀之不同，不用與朋友討論，只需要婉拒對方，免起衝突，保持朋友關係便成。

禁句例子

我都唔用翻版貨嘅，咁cheap！

缺點透視

開罪朋友

朋友邀請你一同進行某一種活動，亦即是尊重你的表現，但你卻直接指出朋友提議的活動很cheap，你是不會參與其中的。朋友看在眼裡，不會覺得購買翻版貨品是不當的行為，只會覺得你在鄙視他的為人，對你們之間關係造成不少的損害。

23 在大型連鎖藥房遇上化妝小姐硬銷護膚品時……

神回金句

唔需要喇，我知道自己要買啲乜嘢㗎啦！

優點剖析

禮貌婉拒

在那些連鎖藥房購物，可以說是一種樂趣，因為貨品琳瑯滿目，而且全都放在開放式層架，任由顧客選購，但其中美中不足、甚至令人感到煩厭的，就是化妝小姐的硬銷手法。她們會針對顧客們面上的缺點加以誇大，以達到推銷產品的目的，例如：「小姐，你啲黑頭同粉刺好大粒喎，等我介紹隻洗面乳俾你！」，可能化妝小姐也知道這種做法，可能會有反效果，無奈這是公司政策，她們也惟有照做。遇上這種情形，我們第一步要做的，就是要禮貌地婉拒。

表明堅定意志

禮貌地婉拒之後，再向化妝小姐表明知道自己的需要，不用她的提點，亦等於有禮地暗示對方不要再煩擾自己。

禁句例子

冇！我邊有黑頭同粉刺呀？

缺點透視

一經回應，後患無窮

遇上化妝小姐的硬銷，最佳的應付方法就是不理會她，或者有如【神回金句】的婉拒她，若果不慎回應了化妝小姐的説話，便會後患無窮，她會捉著你説話的尾巴不放，鼓其三寸不爛之舌，誓要苦纏客人到底，直至客人肯掏腰包購買為止。

24 鄰居夜間聲浪過大時……

神回金句

唔好意思，可能附近環境比較靜，所以夜晚特別應聲，如果唔介意可唔可以盡量細聲啲呢？唔該晒！

優點剖析

以和為貴

左鄰右里，萬事以和為貴，可以先禮貌地以勸告形式告知，可能鄰居真的以為聲浪不大，不會影響別人，經過提點後會有所改善；另外，也可以叫鄰居把聲浪維持，然後邀請他到你家來，感受一下聲浪之大。總之，一切有商有量，不妥當談到妥當為止。

先禮後兵

經勸告後，如果鄰居仍沒改善，向警方投訴可以是最後手段。

禁句例子

你知唔知夜晚11點至早上6點發出噪音，我可以報警㗎？

缺點透視

對抗狀態

一開始時，便以責罵形式投訴鄰居的不是，這會使到大家都處於對立狀態，沒有半點討論空間，只會令局面僵持，情況可能更差。

報復心態

以報警來「恐嚇」鄰居，要鄰居保持深夜至清晨的寧靜，這是個一定有效的方法，但卻恐怕會引起鄰居的報復。在這段時間以外，鄰居可能會蓄意開大音響或電視聲浪，開門關門和走路也特別大聲，以走法律罅來實行報復，那樣便永無寧日了！

25 的士司機不停口的要與乘客聊天時……

神回金句

乘客：「司機大佬，好似有單大新聞嚕，不如開個收音機聽吓！」

優點剖析

乾坤大挪移

乘搭的士時，不想聽到司機大佬的聲音，更不想和他聊天，以轉移目標的方法，使車廂中多了收音機廣播的聲音，便可以使司機知情識趣的暫停說話。

乘客有權選擇

明白到的士司機生涯苦悶非常，經常想找人談天解悶，但是身為乘客的付錢乘車，更有權選擇耳根清靜。因此，乘客以婉轉的手法，要以收音機廣播聲音取代與的士司機的交談，也算是的士乘客的權益之一。

禁句例子

乘客：「司機大佬，唔好意思，我想靜一靜！」

缺點透視

氣氛尷尬

這表面看似很有禮貌的請求，其殺傷力卻是驚人。直接向司機先生提出要求，雖然可以達到耳根清靜的目的，但卻也太傷害司機大佬的感受，令他覺得自己的「多口水」和「長氣」使乘客煩厭，車廂中的氣氛亦會很尷尬。

26 氣溫只有六度小巴前座的乘客仍然拒絕關窗時……

神回金句

後座乘客：「吹到我好凍呀……（假裝咳嗽聲不斷）咳咳……唔該你閂窗啦……咳咳……」

優點剖析

對付賤人用賤招

如果經常乘搭小巴的朋友，相信都會有這樣的經驗：在嚴寒日子，偏會遇上愛打開車窗的瘋子。這些人或許是剛剛連跑帶跳的趕上車，也可能是穿了羊毛內衣，所以別人覺得小巴車廂內溫度適中，他卻感覺酷熱難耐，要打開車窗，讓凜冽的北風兜口兜面的向他吹送著，才可感到舒適無比，可憐車廂中其他乘客卻凍得牙關打震，敢怒而不敢言。

對付這些賤人，一定要用有如【神回金句】中的招數，向著他的後腦和後頸位置不停的大力咳嗽，就算他本人不怕被傳染「沙士」，其他乘客都怕，基於群眾壓力，他就算有一萬個不願意，也要把窗關上，這樣便大功告成。

禁句例子

後座乘客：「你咁無公德心嘅，咁鍾意吹風坐車頂啦！」

缺點透視

直接衝突

直接指出別人沒公德行為，再加上諷刺的説話，在當事人沒有下台階的情況下，很多時要為自己辯護而被迫與人展開罵戰，不可想像的後果亦可能由此產生。

相比之下，一聲不響的伸手把已打開的窗門關上，這無聲的抗議，比【禁句例子】所得出的效果好得多，所產生的副作用也少得多。

~Part 4~

男親女愛

1 女友問男友她與他母親跌落水他會先救誰時……

神回金句

（第一時間回答）梗係救你先啦！

優點剖析

討好發問者

這個問題當事人雖然包括了女友和男友母親二人，但相信會發問的只會是女友，男友母親絕不會向兒子發問這類，只會是情侶之間才會發問的嬉戲問題，所以答案不需要在乎是否合理，只在乎能否討好對方，能否令女友感到，她在男友心中，佔著至尊無上的地位。

即時滿足

每個人都知道，假如以上情況真的發生，先救女友還是母親，當然要看當時情形而定，這是一個假設性的問題，當然不需要一個嚴肅和認真的答案，回答時只須有如電影情節一般爽夾快，讓觀眾（即是女友）沒時間思考和有即時滿意感覺便可以。

禁句例子

男友：「梗係救阿媽先啦，你識游水，阿媽唔識嘛！」

缺點透視

沒情沒趣

朋友相處貴乎坦誠，男女相處貴乎欺騙——良性的欺騙。良性的欺騙或謊話等於「互哄」，你對我説一些無關痛癢的甜言來哄我，我也説一些無傷大雅的蜜語來哄你，這是男女相處之道，不懂説良性謊話，亦暴露了你是一位不懂情趣的糟糕男友。

一連串煩惱的開始

不説出一個非理性但女友滿意的答案，但給了她一個理性卻不滿的回覆，一連串煩惱可能由此而起，例如她會説：「喺你心目中，我始終比唔上你阿媽，咁你娶你阿媽好喇！」，諸如此類問題，經典英文歌也曾説過，「無心快語」（Careless Whisper）闖的禍就是如此。

2 女友問男友愛不愛她時……

神回金句

男友：「答案係『愛』，但你想我即刻答，定諗一陣先至答？」

優點剖析

滿足女友期望

女友發問這樣的問題，一早已預料肯定的答案，問題是男友回答技巧，如何才能令到她自己滿意。所以，大前提是男友一定要肯定的回答：「愛」，如果答案是相反，其餘的一切已不再需要討論下去了。

增添情趣

【神回金句】這個概括性答案，亦等於告訴女友：「愛淘氣的寶貝，這次又有什麼鬼主意？無論怎樣，我也樂意陪你嬉戲下去。」回答問題的同時，亦增添了愛侶之間的情趣。

禁句例子

男友：「（立即回答）愛！」或「（想幾秒回答）愛！」

缺點透視

成為女友質問的藉口

相信很多人在看電視或電影，都曾聽過或見過以上的對白或情節，男友立即回答：「愛！」，女友會大發嬌真的説：「諗都唔駛諗，都唔知係咪真嘅！」；若然男友想幾秒之後才回答：「愛！」，女友亦會撒嬌地説：「要諗㗎咩？你好呀你！」，相信像【神回金句】的回答，已是暫時市面上較為完備，用來應付女友這問題的 model answer。

3 女友問男友她今天有何不同時……

神回金句

男友：「俾啲貼士啦，每次見到你都有啲唔同，你每次都靚咗啲，咁點估啫！」

優點剖析

讚美對方

女友問這個問題，表面是測試男友有否在意她，最終目的其實是希望男友讚美她，所以，在未找到不同之處之前，首先讚美女友，每次見面都比之前漂亮，雖然這個美麗謊言講者無心，但聽者很「冧」，亦起碼達到了女友發問這問題的一半目的。

收窄問題範圍

藉著讚美希望女友給與提示，不但女友不會説男友無心肝、不在意她，反而女友會循循善誘的引導男友，過程中不但增添了情侶間對話的情趣，而且，就算最後男友真的猜不到，女友到底有什麼不同時，女方亦不會大發嬌嗔，只當這是他們生活中的一點調劑。

禁句例子

男友：「吓，乜有咩？」

缺點透視

證明你不留意她

「女為悦己者容」，女性很多時候，都是為了她所喜愛的人而打扮，但若然發覺對方並不在意到她的苦心，她失望之情可想而知。

不作嘗試、吝嗇讚美

女性打扮每天之不同、項目之繁多，不是每個男性都可以輕易察覺到，所以，女友問這些問題，通常不著重答案，只著重過程，男友答對固然高興，但答不對只要在過程中，肯嘗試猜度，或加上適當的讚美，女友便會感心滿意足，反之，則女友會自覺在男友心中沒位置，或男友根本是個木頭人。

4 女友問男友今天是什麼特別日子時……

神回金句

你生日係×月×日，我哋相識紀念日係×月×日……不如你話俾我知啦！

優點剖析

顯示女友在心中地位

女友問此問題，無非是測試他們這段關係，和她自己在男友心中的位置，列出女友的、和自己與她一起的重要日子，雖然可能仍然答不中她的問題，但已充份告訴她：「看！你在我生命中是多麼重要，你的生日、我們的紀念日，我一一緊記心中，隨時說得出。」

保持一貫形象

大方承認猜不到是甚麼日子，總比胡亂猜估好得多，因為每猜錯一次，女友不滿程度會加深，直接影響你在她心目中的形象。

禁句例子

唔通今日係你生日？……唔係？係我哋相識紀念日？……又唔係？……

缺點透視

令自己愈陷愈深

不要以為胡亂猜估會比不猜估好，可能男友以為只要撞中一次，便可以大功告成、功德圓滿，女友會心滿意足的放過你，但殊不知每猜錯一次，只會令自己弱點暴露更多——「什麼？以為你不知道今天是什麼日子也算了吧，怎麼你連本小姐的生日也記錯，這可饒不得！」似乎「多做多錯，不做不錯」在這裡成為真理。

5 初相識的異性邀約單獨晚膳時……

神回金句

男方/女方：「我呢幾晚都有啲事，不如聽日食lunch呀？」

優點剖析

退可守

初相識的朋友，意味著彼此了解仍未算太深，而一頓晚飯時間，可以由一小時至三、四小時不等，若果不幸地，大家坐下傾談五分鐘之後，才發覺彼此話不投機，名副其實的「唔啱傾」，漫長的晚飯時刻，只會令二人活受罪。但是若果婉拒對方晚飯之邀請，改為提議共進午餐，情況便會大大不同，因為，就算大家發現彼此不對胃口，午膳時間大約一個小時便要結束，大家都要回到工作崗位，免除要找藉口來縮短相聚時間的麻煩。

進可攻

從樂觀方面來看，假如在午膳時，發現原來大家都是出奇地相處愉快，有無盡的話題，言談甚歡，也可趁勢安排續集上映日期——約定下次晚膳時間！

禁句例子

男方/女方：「我呢排都唔得閒，等我得閒嗰陣call你啦！」

缺點透視

拒人千里

這可以是個斬釘截鐵拒絕對方的藉口，但若果你連共進下午茶的機會，都不給予對方，不單會令對方難受，也會令自己失去多結識一個朋友的機會。

錯失良機

也可能是你最近太忙未能抽空赴約，而不是真的拒絕對方，但別忘了若然真的等到你有空閒時間，才再次聯絡他或她，對方可能已把你忘掉，請記著：男女交往，宜打鐵趁熱！

6 初次約會晚膳後埋單，女方強烈要求也要付帳時……

神回金句

男方：「好，你就負責俾貼士啦，你食得少嘛！」

優點剖析

幽默應對

雖然二人晚膳由男方付帳，已是現代社會不成文規定，但仍有部分女性，對於首次約會便要男方付帳，會覺得有點不自在，遇上以上情形，男方笑説自己食量大，所以要支付最大份，而女方因為是個淑女食量少，所以只需支付小費，這樣不但令女方釋懷，更展露了男方的幽默才智。

保持紳士風度

其實與女士晚膳由男士付帳，這是紳士風度的表現，但若果對方是一位個性強烈的女性，為避免女方不斷重複的要求而僵持不下，男方讓女方支付小費，亦可算是一個好辦法，也同時保持了男士的紳士風度。

禁句例子

男方：「你堅持要俾錢，我做男人好無面㗎！」

缺點透視

大男人主義

女方提出要支付部分帳項的要求，其實並不在意真的要自己付帳，而是不希望相識不太久、認識未算深的男方，會以為她是一個「奉旨」花男人錢的女人，但假如男方沒有從女方角度去思考，試圖為女方説些令大家感到舒服的説話，反而説這樣太不給男人面子，那樣便與電影中，那些財大氣粗的暴發戶沒有兩樣，不只暴露了大男人作風，也在女方心中留下了壞印象。

7 在床上新相識女友問男友最近一次做愛在多久之前時……

神回金句

男友：「唔通你覺得我技術有啲生疏？咁以後同你操練多啲好唔好？」

優點剖析

轉移焦點

一對情侶在發生第一次肉體接觸後，希望了解對方更多，甚至觸及敏感問題，也是很自然的事情。當然，你有權發問，我有權保持緘默，但有技巧的緘默，不是默不作聲，而是有技巧地轉移話題。在床上激烈過後，大家情緒尚處於亢奮狀態，遇上女方發問如上問題，男友獻上如【神回金句】的答案，包保下一句已是女方大發嬌真的回答：「唔好！」，然後男女又會扭作一團，答案到底是什麼已無人會追問。

保持神秘感

轉移女伴問題焦點，目的就是要保持自己的神秘感，在男女攻防戰中，看似猜不透摸不通的一方，往往就是最處於優勢、最被傾慕的一方。

禁句例子

男友：「大約喺×日/×個月之前囉！」

缺點透視

煩惱的開始

無論答案是「一日前」、「一個月前」甚至是「一年之前」，一系列問題將會由女伴不停發問：「和誰做？」、「是前度女友還是一夜情？」、「還是Part-time Girl Friend？」……總之，認真回答，就是煩惱的開始。

洩露私隱

假如你回答是「一日前」，她會馬上驚覺原來你是個花心情聖；假如是「一年前」，她會立刻質疑你的吸引力，甚至會重新估計你的為人，或者引起不必要的猜測：「他難道是『基』民？」、「還是他有特殊癖好？」……

8 女友問男友曾否試過花天酒地時……

神回金句

男友：「有時一大班朋友落pub飲吓酒、唱吓卡拉OK高興吓都試過嘅，不過我都唔係太好呢啲嘢嘅！」

優點剖析

有限度的承認

這類敏感問題，應要小心處理，既不能完全承認，亦不能全盤否認。和很多情侶間互相發問的問題一樣，女友並不在意答案的真確性，只在意增加彼此的生活情趣，和擴闊大家的話題範圍。因此，男友應作有限度的承認，表明此乃社交應酬，本人雖然曾經參與，但並不熱衷……以此來給予女友一個圓滿的答案。

不作深入描繪

女性對「夜生活」之理解，有如男性對化妝品的認識，同樣都是不能清楚知道當中繁多的花樣和種類。因此，當女友提及這類男性鍾愛的夜生活話題時，只需輕輕帶過，否則只會自招煩惱。

禁句例子

男友：「冇！冇！絕對冇！」

缺點透視

此地無銀三百

女友一問起曾否試過花天酒地時，男友立即斷言否認，說自己一百份之一百沒有試過，顯然是作賊心虛。除非女友是一個初入情場的無知少女，否則，有起碼社會經驗的女性，都應該知道，一個已在社會打滾的成年男性，要在社交應酬和私人生活方面，都未曾接觸過夜生活的可能性是微乎其微。假如男友斷言否認，不但不會令女友以為男友真的純如白紙，相反卻只會令她覺得會否是「此地無銀三百両」，其實他是一名「大滾友」才真？

9 特別日子 男友只懂送毛公仔給女友時……

神回金句

女友：「你送嘅毛公仔好靚好得意，多謝晒！但係我已經係成年人，係咪應該有啲成熟少少嘅禮物，會更加適合我呢？」

優點剖析

感謝好意

無論禮物是否自己心頭所好，始終是男友一番心意，一定要先向他致謝，顯示感激他對自己的關懷愛護。

暗示嘗試其他禮物

用詢問和試探的口吻，婉轉地向男友暗示，自己收到毛公仔會高興，若果收到成熟點的禮物會更加高興，代替直接告訴男友，下次一定要送首飾、耳環、戒指或頸鏈等這些成熟的禮物。

禁句例子

女友：「你當我係小妹妹咩，仲送毛公仔？」

缺點透視

缺乏教養

禮物不合心意，便當場表示不高興，不但漠視男友一番心意，還顯露出自己欠 教養。

沒有建設性的提議

男友致送禮物，都是希望女友高興，令女友明白男友對她的心意。若果女友因男友禮物不合心意，而只顧表示不高興，卻不給予建設的改善建議，只會令男友感到沮喪，對彼此關係的進展毫無裨益。

10 男友只喜歡帶女友觀看武打動作電影時……

神回金句

女友：「動作片我當然鍾意啦，如果係愛情片我仲鍾意！」

優點剖析

認同男友喜好

男與女生理結構不同，引致心理和喜好也有分別。男性較喜愛刺激動作片種，女性偏愛言情文藝電影，這已是人所共知的事實。所以，當男友帶同女友觀看動作電影時，就是希望把自己喜愛的東西，與心愛的人一同分享，女友亦應對男友之喜好表示認同。

說出自己喜好

要向男友說出自己感受——「你與我分享你喜愛的動作片，我很高興，如果你也願意與我分享我喜愛的愛情片，我會更感高興。」

禁句例子

女友：「成日睇埋晒啲打打殺殺，都唔知有乜好睇！」

缺點透視

否定男友喜好

對男友的喜好不表示欣賞，等於間接批評他的品味和水平，這對於男女關係的發展不會有好的幫助。

有破無立

推翻了男友的建議，卻沒有更好的反建議，亦沒有把自己喜愛的愛情片提出，有破無立，只會令男友無所適從。

11 男友衣著過於保守樸實時……

神回金句

女友：「你啲衣著都幾穩陣同幾basic，不如試吓in啲同sharp啲嘅衫吖！我諗都會幾好睇嘅！」

優點剖析

肯定男友衣著

每個人面對批評，首先會做的，並不是留意對方的評語或意見，是否言之有理，反而是第一時間極力為自己辯護，在衣著品味這方面亦一樣。所以，首先女友要肯定男友的衣著品味，把他評定為「穩陣」和「basic」，不採用半點負面的詞語，這才能取得男友的信任，進而接受女友的意見。

168 - 169 >

鼓勵新嘗試

男人衣著品味保守，往往可能是由於一兩次失敗的痛苦經驗，令他覺得樸實保守，比嘗試入時衣飾來得穩陣可靠，所以要改進男友衣著品味，必須要女友的耐心和鼓勵，循循善誘，直到男友培養到衣著方面的自信為止。

禁句例子

女友：「你唔好成日都著到黑黑沉沉，成個老餅咁先得㗎！」

缺點透視

焦點轉移

以上已經提到，負面評語只會引起當事人不滿，極力為自己辯護，這樣非但改變不了男友的衣著，更只會令事情的焦點由「女友希望改進男友衣著品味」，轉移至「男友重申我哪裡像老餅」的辯題上。

12 女友 無理取鬧時……

神回金句

男友：「咦？你M嚟呀？」

優點剖析

意料之外

女友發脾氣或無理取鬧，一般預期男友會溫柔的慰問，冷不防男友卻反問她，是否月事來潮，導致心情煩躁，這不止盡顯男友對她的關懷，還表現了男友獨特和可愛之處。

可轉化成暗號

「咦，你M嚟呀？」這句説話可以成為情侶間的暗號。每當任何一方覺得伴侶脾氣突然變得暴躁時，只要向對方説出以上暗號，不但向他或她表達關心和體諒，亦同時提醒對方要嘗試控制自己的情緒。

禁句例子

男友：「你無端端發咩神經呀？」

缺點透視

火上加油

在這説話中找不到半點柔情的關懷，只有狠辣的怪責，結果就是火上加油，一發不可收拾。

視女友如傻婆

電視劇情節也經常看到，每當老婆或女友突然無理取鬧，老公或男友一時情急衝口而出說：「你無端端發咩神經呀？」之後，十之八九，女方都會形神失控的大吵大鬧，然後拂袖而去。在現實中，恐怕亦不會相差太遠，因為這句説話，等同男友在那一刻，把女友當作傻婆亂發神經一樣，只會令已經受到情緒困擾的女友，更添煩躁！

13 男友食相嚇人時……

神回金句

女友：「好似我咁慢慢食啦，我哋都唔趕時間！」

優點剖析

婉轉告知減慢速度

告訴男友他們二人並不趕時間，等於叫他可以吃得慢條斯理，不須狼吞虎嚥。這樣，任何難看食相，在減慢進食速度之下，都會有一定程度的改善。

暗示向女友學習

「好似我咁慢慢食……」其實等於提示男友向女友學習，模仿她的斯文食相，避免向男友直接指出並糾正錯處的尷尬。

禁句例子

女友：「乜你食嘢食成咁嘍，飲湯飲到殊殊聲！」

缺點透視

對事情沒幫助

直接指出男友錯處，不但未能使他改善惡習，而且只會令他對女友有所不滿，認為她看他不起，覺得男友沒教養，這只會對二人關係有不良影響。

沒有絕對的飲食禮儀

其實飲食禮儀沒有高與低，只有場合接受與不接受，沒有絕對標準。例如，在家吃飯要用筷子，用手拿食物，會被父母用筷子敲打手背，但是在麥記吃漢堡包和雞翼，用手拿取卻是自然不過的事情，用刀叉吃才是異相；日本人吃湯麵要發出殊殊聲，中國人卻要求沒聲音……男友食相古怪，可能也只是朋輩中人人如此。希望男友改進，女友一定要給點耐性，慢慢糾正才是正確做法。

14 女友衣著太性感時……

神回金句

男友：「女朋友咁好身材我引以為豪，但係呢啲屬於私人珍藏，我淨係想私底下欣賞，唔想公諸同好嚤！」

優點剖析

認同女友的美麗

女性穿著性感，無非希望獲得同性的妒忌、異性的讚美，天氣炎熱當然不是主要原因。因此，女友一穿著性感出場，不論她目的是什麼，身為男友的，一定要先向她稱讚一番，認同她的美麗。

重申男友的特權和意願

讚美完畢，便要向女友説出，身為男友的特權和意願，要求女友美麗身材只供私人鑑賞，不能對外公開，性感衣著只宜室內，不宜室外，免被其他男人色迷迷目光所侵擾。這要求雖然是自私一點，但這就是愛她的表現，希望她會從善如流，接受男友的請求。

禁句例子

男友：「乜你著成咁呀？」

缺點透視

令女友不滿

女友滿有期望的一身性感衣著出場，男友不但一句讚美也沒有，還要說出一些負面的話，掃興之餘，男友一切說話聽不入耳，也是正常不過的事。

家長式反應

先別計較女友衣著是否太過性感，但男友有如上一代長輩們的反應，卻肯定令時代女性大感不悅。女友身為現代女性，當然希望男友有入時的思想，想不到伴侶的思想，卻有如父母親的保守，要女友聽從男友勸告，恐怕難度將會再度加添。

15 與異性朋友晚飯給男/女友當場碰見時……

神回金句

男/女友：「咁啱嘅，等我嚟介紹，呢位係我女友Mary（或男友Tom），呢位係Nancy（或John）。」

優點剖析

大方介紹免卻嫌疑

一見到自己女友或男友，切忌閃閃縮縮，一定要大方的向對方介紹，免除一切不必要誤會，必要時，甚至可以邀請自己女友或男友坐下，一行三人共進晚餐。

棄車保帥

在異性朋友面前介紹自己的女友或男友，一來，這樣可以確定愛侶的地位，讓伴侶安心，二來，若然自己是立歪了心腸，本想來一記「一腳踏兩船」而被撞破，這一招未嘗不是「棄車保帥」的好方法。雖然這樣會讓異性朋友知道，自己已有了親密伴侶，再發展下去已沒可能，但仍然能夠保存與愛侶的關係，也算是不幸中的大幸。

禁句例子

男/女友：「吓……Nancy（或Peter）……乜…乜…咁啱嘅？」

缺點透視

瓜田李下

被愛侶碰見自己與異性朋友一起晚膳，單從畫面看來，已經可以有無數故事可發展，當事人看見愛侶後，沒有立即大方介紹，而且還吞吞吐吐，鬼鬼祟祟的，就算大家是堂堂正正，這是正常的社交聯誼，但是瓜田李下，不令人生疑才怪！

16 百貨公司大減價發現女友瘋狂搶購的狠勁樣子時……

神回金句

男友：「Honey，我終於發現你剛陽勇猛嘅一面……」

優點剖析

有則改過無則加勉

以輕鬆手法向女友說出，她忘形搶購的真面目，有如投影機般，重播她自己看不到的一面，她喜歡改便改，不喜歡改變亦無傷大雅，反正這是女人天性，每位女性差不多都是如此，做男友的亦不會強要女友改變。

禁句例子

男友：「你知唔知你頭先忘晒形喺度左揀右搶時候，成個牛頭角順嫂咁呀？」

缺點透視

容易觸怒女友

時代女性對於「師奶」這名詞非常抗拒，認為充滿貶意，是對上一代低下階層太太們的稱呼，現在男友還以師奶中的典範——牛頭角順嫂——來形容忘形購物的女友，身為女友的不發火才是不正常。

要求女友改變

男友這些不加修飾的描述，其實目的只有一個——要求女友更改過來。但這樣的要求，卻顯露了男友的大男人作風，自己不喜歡的，便要求女友更改，卻從沒有試圖了解和體諒女友。

17 被女友發現珍藏的色情光碟時……

神回金句

男友：「行過商場見咁平咪買嚟睇吓囉，都幾得意吖！」

優點剖析

減低女友追問的興趣

大方承認，但態度輕描淡寫，女友見男友態度如此平淡和輕鬆，追問下去的興趣自然大大減低。

盡快結束話題

男友要輕輕帶過，然後結束或轉換話題，不要和女友糾纏在這問題上，以免她胡思亂想，說什麼變態、鹹濕等等，因為女人永遠無法明白，男人對色情物品的情意結，否則《花花公子》和《閣樓》雜誌不會出版幾十年，仍可屹立不倒。

禁句例子

男友：「冇…冇…啲朋友俾嘅咋！」

缺點透視

被女友取得話事權

自幼家庭教育便告訴我們，男孩子收藏起色情物品，是鹹濕的表現，被家長搜尋到更會輕則被責罵，重則會被痛打一頓。這觀念根深柢固，到長大後仍然沒有改變。所以，如果被女友找到私藏的成人光碟，自己潛意識便會告訴自己，是自己鹹濕，現在被人找到，便是接受懲罰的時候，儘管口中仍在找藉口，但心虛的感覺，全都表現在言談之間。

女友見到男友自知理虧的樣子，便知道找到了男友的把柄，一於把「鹹濕」和「變態」，這些十惡不赦的罪名，全堆在男友身上，雖然未致於會搞出人命，但也必會被女友折騰一番。

18 男友是個急色的人時……

神回金句

女友：「如果你尊重我嘅話，應該知道男同女喺埋一齊，除咗做啯件事之外，仲有好多其他事情可以做㗎！」

優點剖析

為男友保留面子

不直接指出男友急色，避免他感到尷尬，令餘下的對話，男女雙方均站在平等的地位上，繼續討論下去。

引導男友

女友對於男友的過分熱情，沒有大發脾氣，只耐心地提出男女間相處，性不是一切，令男友對她的感覺和體會加深了解，更明白到要改善大家關係要注意的地方。

禁句例子

女友：「我哋次次見面，你都淨係掛住做嗰樣嘢，你當我係咩呀？」

缺點透視

把責任全推給男方

女友的投訴，驟眼看來好像真的全錯在男方，但男友可能還擊一句：「你唔想又唔出聲？」，女友會答：「見你想要咪俾你囉！」原來這不是單方面的問題，而是雙方溝通不足的問題，但女方把責任全推在男友身上，男方自然覺得不公平。

說話不留餘地

女友沒說出口的指責，其實是說覺得男友待她有如性工作者，男友和她一起的唯一原因，是女友可以滿足他的性需要……等等。她把男友說得如此一文不值，只會把大家推向牆角，沒有轉彎餘地，關係無從改善。

19 男/女友喜歡在公共車輛高聲談論私人事情時……

神回金句

男/女友：「地鐵呢度好嘈，不如落車先講啦！」

優點剖析

客觀環境不容許

私人事情應該在私底下才談論，但偏偏很多人卻喜愛在公共交通工具上，將家事和私事毫無保留地，與親友高談闊論。遇著自己的男友或女友是這樣的人，最佳的應對方法，是找一個客觀藉口，例如說地鐵車廂太嘈、巴士的電視聲浪太大、小巴的引擎聲音太大等，務求令伴侶明白，不是自己拒絕與對方交談，而是客觀條件不容許。

184 - 185 >

提供更好建議

建議暫時封嘴，留待下車之後才繼續傾談，這動作重複多次之後，相信對方會漸漸明白到，原來是你自己沒有在公共車輛上談論私事的習慣。

禁句例子

男/女友：「你係咪想全車啲人都知道我哋嘅私事呀？」

缺點透視

意料之外的答案

以問題形式希望終止男友或女友，在公共車輛上談論私事，最怕可能得到的回答是：「人哋聽到咪聽到囉！怕咩啫？又唔係唔見得光！」，遇著對「私隱」一詞毫不明白當中意思的伴侶，非但保不住私隱，更可能保不住面子。

20 男友是個
脾氣暴躁的人時……

神回金句

女友：「我希望我嘅男朋友係一個性格溫馴嘅人。如果你珍惜我，你就要諗辦法改吓你啲臭脾氣喇！」

優點剖析

理想男友

表面上是女友向男友説出理想情人的條件，要男友跟隨，實際上是表明已經認定男友為情人，不過把一些缺點改掉會更理想、更完美。

目標明確

不用猜、不用估，指明男友要改善的就是他的暴躁脾性，目標明確清晰。一旦脾氣改善之後，二人關係相信亦會向前邁進一大步。

禁句例子

女友：「你郁啲就發脾氣，有冇搞錯呀？」

缺點透視

未能以身作則

女友自己也在發脾氣，指責男友亂發脾氣，男友看在眼裡，脾氣也不怎樣溫馴的女友，如何能夠令他信服呢？

沒要求改善

教導過小孩子的都知道靠打靠罵，小孩子是不會改過的，因為他們根本不知道自己錯在哪裡。對待男友亦一樣，女友若果沒有明確指出，她最不滿意的，原來就是男友的暴躁脾性，並要求他作出改善的時候，男友又如何改進呢？

21 男友討厭洗澡時……

神回金句

女友：「你唔沖涼咪入房，自己喺廳度瞓啦！」

優點剖析

阻嚇力強勁

女友不批准男友入房，要他在客廳睡覺，意味著不洗澡便不可以親近女友，這是對成年男性最大的懲罰，所以女友這説話一出，威力有如倚天劍屠龍刀，號令男友，莫敢不從！

可多次使用

以後遇有男友再犯，此方法可重複使用，萬試萬靈、慳水慳力，更無須勞氣傷神。

禁句例子

女友：「唔沖涼一陣味，係人都怕咗你！」

缺點透視

阻嚇力不足

女友告訴男友，不洗澡會令所有人都怕了他身上的味道，沒有人會接近他，但身為他身邊最親近的人（亦即是他女友），卻仍樂於與他接近，間接等於接受了他不愛洗澡是一種正常行為。

缺乏制裁行動

雖然洗澡這健康的生活習慣，應該不用獎賞來鼓勵，但反過來說，若果遇上有人不經常洗澡，便應該有具體行動來制裁他，缺乏了制裁行動，相信男友的惡習難望改善。

22 女友拒絕讓男友收看足球賽事時……

神回金句

男友：「唔睇波事小，聽日返工同同事冇話題事大呀！男同事會話我Out，女同事又會話你專制呀！」

優點剖析

一切以女友為先

在可能範圍內，盡量遷就女友，是理想男友的天職，對於女友拒絕讓男友觀看足球比賽，從個人角度來看，男友也是沒有反對的。

把家庭事公事化

但是，從社交和人際關係角度來看，女友不准收看足球賽事，便應該加以反對。因為，首先會為男友帶來壞影響：晚上沒看賽事，明早便沒話題與同事和客戶溝通，人脈網絡又如何擴闊，事業路上又如何平步青雲呢？其次，若然給同事知道，原來是女友從中阻撓，不單男友會被標籤為一個怕女友的男人，女友亦會被看成一個專制的女人，對個人形象影響不少。

禁句例子

男友：「唔俾睇波點得㗎，係男人都睇㗎啦！」

缺點透視

欠缺説服力

很多人都做的事並不代表正確，亦不代表人人都應該做，吸煙如是、賭馬亦如是，很多男人都看足球，亦不意味著每個男人都應該要這樣，對女友來説，這亦不是一個很有説服力的理由。

看得喜 放不低

創出喜閱新思維

書名　面斥不雅！ 讓人長知識的神回應
ISBN　978-988-78873-9-3
定價　HK$88/NT$400
出版日期　2018年11月
作者　袁氏物語
責任編輯　文化會社編委會
版面設計　西以倫
插圖　辛力君
出版　文化會社有限公司
電郵　editor@culturecross.com
網址　www.culturecross.com
發行　香港聯合書刊物流有限公司
地址：香港新界大埔汀麗路36號中華商務印刷大廈3樓
電話：（852）2150 2100
傳真：（852）2407 3062

台灣總經銷　貿騰發賣股份有限公司
電話：(02）8227 5988

版權所有 翻印必究（香港出版）

（作者已盡一切可能以確保所刊載的資料正確及時。資料只供參考用途，讀者也有責任在使用時進一步查證。對於任何資料因錯誤或由此引致的損失，作者和出版社均不會承擔任何責任。）